ブランケット・キャッツ

重松清

朝日新聞社

ブランケット・キャッツ
目次

カバー装画・本文挿画　高野文子
装　幀　坂川栄治＋田中久子（坂川事務所）

ブランケット・キャッツ

花粉症のブランケット・キャット

1

基本の契約期間は三日間——二泊三日。

「ちょっと短すぎるとお感じになるかもしれませんが」

契約をすませたばかりの客に、店長はいつも、こう言う。口調も表情も、下描きの線をなぞるように正確に繰り返す。

「三日を過ぎると情が移ります。猫のほうは逆に、もうここに帰れないんじゃないかと思って不安になる。それはお互いにとって不幸なことだと思うんですよ」

買い取りは不可。同じ猫の貸し出しも、原則的には一カ月以上の間を空けないと受け付けない。

「あくまでもレンタルです」

念を押すときの、静かだがぴしゃりと封じ込めるような声も、いつもどおり。

料金は決して安くはない。三日間のレンタル料に、その数倍にあたる預り金——合計すると、店長の本業であるペットショップで純血種の仔猫が軽く買える金額になる。

それでも、申し込みは途切れることはない。七匹いる猫たちは皆、レンタル先からケージに戻ってくると、一晩か二晩過ごしただけで、また新しい、三日間だけの我が家へ向かう。

貸し出しのときは、トイレとキャットフードを付ける。ペットショップで用意したもの以外は食べさせないように。特にタマネギとアワビと骨付きの鶏肉は絶対に食べさせないでほしい、と店長は言う。

「タマネギは猫の血液に対して毒性があるんです。赤血球が破壊されて貧血になることもあります。アワビは、耳が真っ赤に腫れ上がってしまいます。ひどいときには皮膚炎になって、放っておいたら、その部分が欠け落ちることだってあるんです。鶏の骨は、噛み砕くと縦に裂けて、とがってしまうんです。喉や内臓に刺さると大変ですから」

メモをとる客、びっくりした顔で相槌を打つ客、黙ってうなずくだけの客、言われなくてもわかっているからと聞き流す客……反応はさまざまで、それはつまり、猫を飼った経験が客によってまったく違うということでもある。

初めて猫を飼う客に対しても、店長はためらいなくレンタルに応じる。代わりに、少し強い口調で釘を刺す。

「猫と一緒に寝ることはやめてください。寝るときは必ずこのバスケットに入れて、バスケットの中の毛布もこのままの状態で敷いてやらないとだめです。汚れているからといって洗濯は絶対にしないでください」

猫は環境の変化を嫌う。

レンタルを繰り返されることは、ふつうの猫にとっては大きなストレスになる。

「だから」

店長は決まり文句を、決まり顔の決まり声で口にする。説明を始めてから話がここへ至るまでの時間も、もしかしたら、いつもきっかり同じなのかもしれない。

「この毛布なんです」

七匹の猫は生まれたときからずっと、それぞれ数枚の毛布を順繰りに使って眠っていた。仔猫の頃から慣れ親しんだ毛布さえあれば、どこにいても落ち着いて眠ることができる。

「ほら、昔のマンガによくあるでしょう、旅行に行くときに家の枕をカバンに入れておくっていう話。あれと同じですよ」

ハハッと笑う、その笑い方もいつも変わらない。

いまだって――そう。

「じゃあ、確かにお預けしますので、よろしくお願いします。かわいがってやってください」

店長はカウンターの上に置いたバスケットを、客に差し出した。

店長と同じぐらいの年格好――四十半ばの客は、緊張した面持ちでバスケットを胸に抱きかかえた。

「だいじょうぶですよ、ふつうに提げても」

「はあ……すみません」

「いや、べつに謝るようなことじゃないんですけどね」

初めて、下描きなしの笑顔を浮かべた。

客もバスケットを提げ直しながら、苦笑いを返す。

「すみません、猫を飼うのって生まれて初めてなもので……」

「心配要りませんよ。おとなしくて、ひとなつっこい奴ですから。ちょっと、そこの窓から覗いてみてくださいよ。きょとーんとして、かわいいんですよ、ほんと」

客は言われたとおり、バスケットを手に提げたままかがんで、側面に開いた小窓から中を覗き込んだ。

猫と目が合った。

ベージュの毛布にくるまって、店長の言うとおり、きょとんとした顔でこっちを見ていた。

三毛猫――客のリクエストだった。

「……かわいいですね」

「そうでしょう?」店長は満足そうにうなずく。「一歳ですから、まだまだ仔猫の面影はあるし、もうおとなでしっかりしてるところもあるし、最高ですよ」

客は小さくうなずいて、もう一度バスケットの中を覗き込んだ。

猫はまだこっちを見ていた。

細い声で、にゃあ、と鳴いた。

客は顔を上げ、「あの、すみません……」と店長に声をかけた。「まだ名前を聞いてなかったんですけど」

ああ、そのことね、というふうに店長は軽く受けて、「なにがいいですか？」と逆に訊いてきた。

「なにが、って？」

「名前です、この猫の。お好きな名前を付けてくだされぱいいんですよ。何度か繰り返して呼べば、すぐに覚えますから」

「そうなんですか？」

「ええ、もう、頭のいい猫ですから、この子は」

店長はそう言って、「だって」とつづけた。「やっぱり名前ぐらいは自分で付けたいでしょう？三日間とはいっても、せっかく自分の猫になるわけですから」

ねえ、と笑って、パソコンに打ち込む前のレンタル申込書に目を落とす。

「石田さん、ですよね。今日から三日間は、石田家の一員なんですよ、この猫。ですから、いい名前を付けてやってください」

「あの……お店では、どういう名前だったんですか？」

「ミケです。三毛猫のミケね。ウチであんまり凝った名前を付けても、しょうがないですから。まあとにかく、奥さんやお子さんとも相談して、家族にふさわしい名前にしてやってください」

店長の言葉が終わるのと同時に、電話が鳴った。受話器を取って応対する店長に会釈をして、石田紀夫は店を出た。

駐車場に停めた車に向かう途中、振り向いて店の看板をあらためて見つめる。

ペットショップとしてありきたりの看板の脇に、〈猫のレンタル承ります〉とある。〈猫〉の字には、ちょっと窮屈そうな字の詰まり方で振り仮名が付いていた。

ブランケット・キャッツ――。

インターネットで検索したときや店に入るときには、さっぱり意味がわからなかったが、いまは、ああそうか、と納得がいく。ブランケットは毛布。無理やり日本語に訳すなら、「毛布猫」となるだろうか。

バスケットは、思いのほか持ち重りがした。揺らさないよう気をつけて、紀夫はまた歩きだす。

空が高い。広い。青がかすんで、山なみの稜線がにじむようにぼやけている。

春――西日本各地では、昨日、黄砂が観測されたという。

日本海を渡って飛んでくる中国大陸の砂も、東京までは届かない。代わりに、今日は朝からスギ花粉警報が出されている。

東京郊外のこのあたりの山は植林された杉林ばかりだった。紀夫は花粉症には悩まされていないが、この季節にはマスクが離せない同僚によると、ひどいときには空を舞う花粉がはっきりと見えるのだという。

ほら、昔の妖怪マンガであっただろ、工場の吐き出す煙がひとの形になって人間を襲うって話……そんな感じだよ、ほんとに。

あいつをここに連れてきたら、どんな顔になるだろうな。

苦笑したら、バスケットの中から、小さなくしゃみが聞こえた。

猫って、くしゃみをするんだっけ――？

花粉症なのか――？

まさかな、と車の後ろのドアを開けた。

バスケットをリアシートの足元に置いて、「すぐ着くからな」と猫に声をかけた。

返事の代わりに、猫はまた、くしゃみをした。人間のように「くしゃん！」と声が出るのではなく、しゅん、しゅん、となにかをこすり合わせるような息の音だった。

「おまえ、ほんとに花粉症なのか？」

あきれて言った。

猫は目を細くして、しゅん、しゅん、とくしゃみを繰り返すだけだった。


高速道路に乗り、都心を横切る格好で千葉のニュータウンに着いた。土曜日の昼下がりの首都高速は拍子抜けするほど空いていた。朝は事故渋滞につかまって二時間近くかかったが、帰りは休憩を入れても半分足らずですんだ。

我が家の最寄り駅で車を停める。携帯電話で妻の有希枝を呼び出した。まだ家にいるだろうと思っていたら、有希枝は「天気もいいし、退屈だから、ぶらぶら散歩してたの」と言った。たったいま、紀夫を待つ時間つぶしに駅前の喫茶店に入ったばかりだという。

「じゃあ、俺のほうが行くよ」

「だいじょうぶなの？　猫だけ車に残しても」

「そんなことしないよ、連れて行けばいいだろ」

「でも、食べ物屋さんにペットってまずいんじゃないの？」

「バスケットに入ってってもだめなのかな」

「わかんないね、ちょっとお店のひとに訊いてみようか」

電話が保留メロディーに切り替わる。

紀夫はシートの背に深くもたれかかって、やれやれ、とため息をついた。

二泊三日とはいえ、紀夫も有希枝も猫を飼うのは初めてだった。そもそも動物を飼ったことすらない。

やっぱり、ちょっと無茶だったかな、と弱気になりかけたとき、メロディーが途切れた。

「外に出しちゃまずいけど、バスケットに入れたままなら平気だって」

「そうか、じゃあすぐに行くから」

電話を切り、体をひねって、バスケットを見た。ずいぶん狭苦しい容れ物なのに、猫はずっとおとなしかった。店を出てしばらくつづいていたくしゃみのような音も、いつのまにか止んでいた。

しつけが行き届いているのか、そういう性格なのか、眠っているのか、それとも……。

一瞬不安に駆られ、車から降りた。後ろのドアを開けてバスケットを持ち上げると、乱暴な扱いに抗議するような、ふぎゃあ、という濁った鳴き声が聞こえ、バスケットがさがさ揺れた。

「……生きてるな？　だいじょうぶだな？」

ほっとして、リアシートの上にバスケットを置いた。また、ため息が漏れる。三日間、ほんとうにうまくやっていけるのだろうか。

「もうちょっとここで辛抱してくれよ」

声をかけて、バスケットの蓋を開けた。せめて空気ぐらい入れ換えてやりたかった。飛び出したら逃がすわけにはいかないぞ、と身構えながらだったが、猫はおとなしく毛布にくるまっていた。

店長に言われた言葉を思いだす。

「とびきり優秀な仔猫しかブランケット・キャットにはなれません」――あちこちへレンタルされていくのが猫にとって名誉なことかどうかは知らないが、確かに、わがまま放題の猫ではないのだろう。

もうひとつ、思いだした言葉がある。

「奥さんやお子さんとも相談して」――猫の名前を決めてください、と店長は言ったのだ。

バスケットの蓋を閉めた。

「ママが待ってるぞ」と姿が見えなくなった猫に声をかけて、いや、有希枝は「お母さん」のほうがいいのかな、と首をかしげる。

俺なら「お父さん」だな。息子に呼ばれるのなら、「親父」も、ありだ。

猫が、ひさしぶりにくしゃみをした。

しゅん、しゅん、しゅん、しゅん、と三度つづいた。

「おまえ、ほんとに花粉症だったりしてな」

しゅん、しゅん。

「花粉症だよ、絶対に」

しゅん、しゅん、しゅん、しゅん。

「……そういうところばっかり、ママに似ちゃったんだなあ」

つぶやいて、声と一緒に漏れそうになったため息を呑み込んだ。


窓際のテーブルにいた有希枝は、紀夫に気づくとマスクをはずして、おそるおそる深呼吸した。息を吸って、吐いて、小鼻をひくつかせて、やっと安心した笑顔になる。

「どうだ？　調子は」

紀夫が向かいの席の椅子を引きながら訊くと、「さっき、ちょっとむずむずしかけたんだけど、なんとかセーフって感じ」と答える。

「今日、花粉すごいらしいな」

「うん、テレビでも言ってた。猫ちゃん迎えに行ってたら、ヤバかったかもね」

紀夫が差し出すバスケットを、有希枝は両手で、大事そうに受け取った。隣の席に置いて、蓋を軽く撫でて、「こんにちは、よろしくね」と円い声で言う。

猫のくしゃみは、また、いつのまにかおさまっていた。

「早く見たいけど、なんか、照れくさいね」

「けっこうかわいいぞ」

「三毛猫、だよね」

「そう。メスで一歳って言ってたな」

「メスにしちゃったの？」

意外そうに――そして、申し訳なさそうに「オスのほうがよかったんじゃない？」と訊く。

「そんなことないよ。それに、三毛猫はメスしかいないんだ」

「そうなの？」

「ああ。赤い毛と黒い毛の遺伝子を両方持つのは、オスの染色体だと不可能らしいんだよな。たまに染色体異常で生まれるオスもいるんだけど、確率は多くても千分の一ほどだし、外見はオスでもオスじゃないんだ」

「……どういうこと？」

「生殖能力がないんだよ」

紀夫はそう言って、窓の外に目をやった。店の前の歩道を、幼い子どもを連れた母親が通り過ぎたところだった。

「俺と同じってことだ」

軽く言ったつもりだったが、声がかすかに震えた。

有希枝の返事もなかった。

2

リビングと続き部屋になった六畳の和室を、猫の部屋にした。陽当たり良好、家具を置いていないので広さもじゅうぶんにある。たとえ猫が爪で畳や襖や障子をひっかいたとしても……「それくらい、いいじゃないか」「そうよね」とあらかじめ二人で納得していた。むしろ、慣れない和室の畳のにおいを猫が嫌がるんじゃないか、ということのほうが心配だった。

ゆうべ、有希枝は言った。

「もし猫ちゃんが和室を嫌がったら、わたしの部屋でいいよね」

紀夫は「俺の部屋のほうがいいよ」と返した。「ユキちゃんの部屋は化粧品のにおいがするだろ」

「そんなこと言うんだったら……」有希枝は唇をとがらせた。「ノリさんの部屋だって煙草のにおい、すごいじゃない」

「消臭スプレー、買ったんだ」

「あ、ずるい。じゃあ、わたしの部屋もスプレーすればいいでしょ」

紀夫は苦笑交じりにうなずいた。わかっている、決めていた、最初から。ちょっとした意地悪を言ってみたかっただけだ。

「まあ、どうせ二泊三日なんだから」

醒めた顔。冷ややかな声。「かわいくなーい」と有希枝に言われたくて、そうした。

そして、有希枝は逆に――彼女もたぶんわざと、子どもみたいにはしゃいでいた。

「ねえ、猫ちゃん、すぐに抱っことかできるんでしょ？」

「それはだいじょうぶだと思う。ほんとに、すごく人に慣れてる猫らしいから」

「猫じゃらし買ってきたんだけど……遊んでくれるかなあ」

「だいじょうぶだろ、猫なんだから」

「一緒に寝ていい？」

それは――残念ながら、できない。インターネットのホームページに明記されていた。ブランケット・キャットはその名のとおり、生まれたときから慣れ親しんでいる毛布と一緒だからこそ、さまざまな家にレンタルされても平気でいられる。毛布と引き離してしまうのは厳禁なのだ。

紀夫の説明を聞くと、有希枝は少しがっかりした顔になり、それでもすぐに気を取り直して「じゃあ……」と顔を上げた。

「わたしが和室に行けばいいんだよね、そうでしょ？　猫ちゃんのベッドの横で寝るから、それでいいよね？　ね？」

声をはずませ、頬を上気させ、目をきらきら輝かせて、有希枝は言った。

「……べつに、好きにすればいいよ」

紀夫はそっけなく答え、あきれはてたふうにそっぽを向いた。そうしないと、こっちもつられてはしゃいでしまいそうだった。

猫が来るのが嬉しい、のではない。

猫を迎える有希枝がこんなにも上機嫌なのが、嬉しい。

ひさしぶりに見る屈託のない有希枝の笑顔だった。

同じ笑顔が、和室で猫と遊ぶいまも、浮かんでいる。

違いは一つだけ。有希枝はもう猫を「猫ちゃん」とは呼ばない。名前を付けた。「いいの？ほんとにいいの？ わたし一人で付けて」と遠慮しながら、そのくせ、猫をバスケットから取り出すと、迷うそぶりもなく言ったのだ。

「こんにちは！ アン！」


『赤毛のアン』から採ったのかと思っていた紀夫の予想ははずれた。

「それもちょっとはあるけど、アンはニックネームだから。ほんとうの名前は、アンジュ」

有希枝はアンを膝に乗せて、背中の毛を撫でつけながら言う。

「『安寿と厨子王』のアンジュか？」

やだぁ、と笑われた。「なんで悲劇のヒロインの名前にしなくちゃいけないのよ」――それは確かにそうだった。

アンジュは、漢字で書けば「杏樹」。

「女の子の画数って、三十三画が最強なの。ウチは苗字の画数が少ないから、けっこうキツかったんだけど」

石田杏樹。

虚空に字を書いて数えてみたら、なるほど、三十三画だった。

「わたしの名前が三文字だから、文字の数を合わせてもよかったんだけど、そんなことしたらノリさんがかわいそうだもんね」

ねーっ？　と猫の顔を覗き込んで、嬉しそうに笑う。

障子を開けた和室に、午後の陽射しがやわらかく注ぎ込む。うっすらと黄色が溶けた光の中に、猫を――アンを抱いた有希枝がいる。

「ほんとにおとなしい猫だね」

「ああ……」

「なんか、もう、ずーっと昔からウチにいるみたいな感じじゃない？」

「まあな……」

「どうしたの？」

有希枝と一緒に、膝の上のアンもこっちを振り向いた。「怒ってるの？」――きょとんとした顔まで同じ。

紀夫は目をそらし、「そんなことないよ」と言った。

「でも、急に機嫌悪くなってない？」

「そんなことないって」

「もしかして、早くアンを抱っこしたくて我慢できない、とか?」

有希枝はいたずらっぽく言って、「やーだよっ」とアンを胸に抱きかかえた。

しゅん、とアンの鼻が鳴る。

また、くしゃみだ。

しゅん、しゅん、しゅん……と、さらに三度つづいた。

四度目は、有希枝のくしゃみだった。

「アンのくしゃみが感染《うつ》っちゃった」

笑顔を陽光が透かす。

はかなげな微笑みから逃げるように、紀夫は時計に目をやった。

「ちょっと出てくるかな」

「どこに行くの?」

「猫のオモチャ、適当なの買ってくるよ。ペットショップにも、ジャングルジムみたいなのとか、いろいろ置いてあったから。やっぱりそういうのがあったほうがいいだろ」

ほんの二泊三日なのに、もったいない——とは、有希枝は言わなかった。

「猫も連れて一緒に行くか?」と誘ってみた。

有希枝は少し迷ったそぶりで「うーん……」と間をとったが、「やっぱりいい、アンと留守番してる」と言った。「一緒にお出かけするのって、ちょっとまだ恥ずかしいし」

恥ずかしがるようなことじゃないだろう——とは、紀夫も言わない。

「ねえ、ノリさん、若いママの公園デビューの話とかあるじゃない。それも、こういう感じなのかなあ」

紀夫は黙って、苦笑交じりに首をかしげた。

外出の支度を手早く整え、「じゃあ、すぐ帰ってくるから」と和室に声をかけると、「はい、行ってらっしゃぁーい」と円みを帯びた軽い声が返ってきた。

アンも鳴いた。甘えるように、長く尾を引いた鳴き声だった。

「やだ、わかるの？　アンにも。すごいねえ」と有希枝は言った。どんな表情だったか紀夫は知らない。和室は覗かずに、逃げるように、外に出た。

近くのホームセンターに向かう車の中で、紀夫は煙草をたてつづけに吸った。煙を味わうのではなく、フィルターを嚙み締める歯ごたえが欲しかった。

だいじょうぶさ。自分に言った。そういうのを心配性っていうんだよ、と軽く叱った。なにも心配することはない。何日も前から楽しみにしていた猫が、ついに我が家にやって来たのだ。有希枝はあんなに喜んでいた。ひさしぶりじゃないか、ほんとうに。

俺だって……と自分にひるがえらせて、思う。楽しいぞ、今日は、すごく。

週末はいつも、静かに過ごす。二人とも取り立てて口数が少ないというわけではないのだが、朝から子どもが家の中を駆けまわる他の部屋に比べると、留守同然の静けさだ。宅配便のチャイムに出るのが少し遅れただけで、配達員にあっさりと不在配達票を入れられたことも何度もある。

３ＬＤＫ。二人暮らしにはじゅうぶんな、というより広すぎる住まいだ。二人がそれぞれのベッドを置いた部屋にこもったときには、七十平米の半分以上は、ひとけのない空間になってしまう。


二人には子どもがいない。

正確に言えば、子どもをつくることができない。

原因は紀夫にあった。性交渉に支障はないものの、精子が極端に少なく、生命力も弱い。

知ったのは三十代前半の頃だった。不妊治療を受けた初日にわかった。妊娠の可能性はゼロではないが、かぎりなくゼロに近い。

落ち込まなかった、と言えば嘘になる。

だが、どんなに落ち込んだところで、これはもう、どうしようもないことなのだ。

気持ちを切り替えるしかない。

それでいいじゃないか——。

三十代のうちは、強がりでもなんでもなく、そう思っていた。

だが、夫婦ともに四十歳にさしかかったいま、静けさが寂しさに変わってきたことを感じる。

モノトーンで統一したリビングのインテリアを、妙に寒々しく思うようにもなった。

友人からの年賀状を読んでいた有希枝が不意に涙ぐんだのは、今年の正月のことだ。毎年、家族の写真入りの年賀状を送ってくる友人だった。印刷された型どおりの挨拶文の下に、手書きのメッセージがあった。

〈上の子がこの四月に中学生。サルみたいな赤ん坊がここまで来たか、と感慨深いです〉

ごくありふれた近況報告が、不意打ちの格好で、有希枝の胸の奥のやわらかいところを突っついた。

「どんな気分なんだろうね、子どものこと、この子も大きくなったなあって思うとき」

赤い目を瞬かせながら、有希枝は言ったのだ。「やっぱり嬉しいんだろうね、すごくね」とつづけると、涙が頬を伝い落ちたのだ。

一度感じてしまった寂しさは、消えることがなかった。いまの寂しさよりも、むしろ、夫婦二人きりの静かな時間がこれからもずっとつづくんだという未来の寂しさが二人を包み込む。

「子どもなんて、もう、邪魔なだけだよ。部屋は汚すし、うるさいし」と紀夫の友人の一人は言った。

別の友人は「扶養家族なんていないにこしたことはないって」と言った。

さらに別の友人は「子どもって人間として未完成なわけだろ？　見てて、いらいらしてくるよ。なにがつらくてこいつらの面倒見なくちゃいけないんだ、ってさ」と言った。

有希枝の友人にも「夫婦はお互いに選んで結婚してるけど、親子は選べないから」と言うひとがいたし、「仕事を辞めてまで産んで育てるほどのことじゃないね、子どもなんて」と言うひともいた。

一人一人の言葉をじかに聞いていたときはそのまま受け止められたのに、いまは違う。トランプのカードやオセロの駒を裏返していくみたいに、「子どもを持つ親の愚痴」が「子どもを持てない親への慰め」に変わった。

考えすぎだよ、と彼らは言うだろうか。

ちょっと、そういうふうに悪く取らないでくれる？　と彼女たちは怒りだすだろうか。

この一、二年、紀夫も有希枝も友人を家に招くことはほとんどなかった。友人の家を二人で訪ねることもめったにない。

人づきあいが悪くなった。

静かな週末は、いっそう静かに、寂しくなった。


「ペットを飼おうか」と言いだしたのは、紀夫だった。ひと月ほど前のことだ。

「飼うんだったら、猫がいいな」と有希枝はすぐに応えた。

いまの分譲マンションはペットの飼育が禁止されている。ほんとうに猫を飼うのなら、引っ越しだ。バブルの頃——まだ不妊治療を受ける前に買った。いずれ三人家族か四人家族になる、というのが前提の、高い買い物だった。

中古マンションの市場は不振をきわめている。買い手がつくかどうかわからないし、たとえ売れても、その金でローンの残債を払いきるのは難しいだろう。

だが、有希枝は「いいじゃない、お金ならなんとかなるわよ」とあっさり言った。いますぐにでも不動産屋とペットショップをはしごしそうな勢いだった。

なだめすかして、とりあえず一度、何日か猫と一緒に過ごしてみて、これからのことを決めよう――となった。

そして、アンが我が家に来た。

ひさしぶりに有希枝が無邪気に笑った。

いいじゃないか、それで。

ホームセンターで猫のオモチャを買ったあとは、不動産屋に寄って、マンションの売却見積もりぐらいは取っておこうか、と思う。


売り場でしばらく迷った。

買おうか買うまいか考える前に、じつを言えば、少しあきれた。

紀夫の目の前には、猫用のタワーが何種類も並んでいる。爪研ぎ用の麻縄を巻きつけた高さ二メートル近いポールに、鳥の巣箱のようなハウスや棚板や階段が取り付けてある。アンのレンタル期間がすんだら他に使い道のない代物だし、いや、たとえ引っ越したあとに猫を飼うにしても、安っぽいピンクやブルーの色づかいが、ひどい。

こんなのを部屋に置いたら、雰囲気ぶち壊しだぞ……。

あきれ顔のまま、売り場の店員に、モノトーンのものはないのかと訊いた。

店員は申し訳なさのかけらも見せずに「ありません」と答え、「じゃあ、ぜんぶ、こんなにガキっぽい色のやつなんだ」と紀夫が返したせめてものイヤミも、「猫はかわいい色のものが好きですから」と適当な理屈でかわされた。

憮然として店員から離れ、あらためてタワーと向き合った。

木目を活かした塗装、円みを帯びたデザイン、くっきりとしすぎる色づかい……なにかに似ていると思ったら、十年ほど前にはしばしば行き来していた友人の家にあった、子どものオモチャだった。

日本の古いロックやフォークのLPレコードを二百枚以上持っているのが自慢だった友人は、息子の集めている超合金だかなんだかのロボットにレコード棚を譲っていた。「子どもがいたらだめだよ、なんでも子ども中心になっちゃうから」――友人は、そんなふうに、まんざらでもなさそうな顔でぼやいていたのだった。

なるほどな、と紀夫はうなずいて、さっきの店員を呼んだ。

「そこの、棚と小屋がピンク色のやつ」

指差して、「このまま持って帰るから」と笑った。

3

デジタルカメラのメモリは、あっという間に満杯になってしまった。

アンを抱いて、また別のポーズをとった有希枝に、紀夫は「ちょっと待ってくれ」と苦笑した。

「いままで撮ったぶん、パソコンに落とさないと」

「もう一杯になっちゃったの？」有希枝は驚いて言った。「カメラ、壊れちゃったんじゃないの？」

やれやれ、と苦笑いが深くなる。「時間、見てみろよ」と壁の時計を指差した。

「やだ、八時まわってる……」

「そうだよ、俺、もう腹が減っちゃって。アンもおなか空いてるんじゃないのか？」

おどけてみぞおちに手をやる紀夫にかまわず、有希枝は「そっか、アン、おなか空いてた？ごめんね」とアンを抱きしめた。

アンはちょっと苦しそうに首を伸ばしたが、逃げ出したりはせず、おとなしく有希枝に抱かれている。さっきから一時間以上も有希枝の膝に乗せられて自由に動けずにいるのに、ブランケット・キャットはそういうしつけを受けているものなのか、この猫が特にそうなのか、とにかく扱いやすい。

紀夫が夕方のうちに手早く作っておいた夕食をとり、アンにはキャットフードを食べさせた。有希枝は「アンに手作りのごはん食べさせてあげたかったのに」と残念そうだったが、ペットショップで用意したもの以外は食べさせないように店長から厳しく言われている。レンタル先によって食事の量やレベルがいちいち変わってしまったら、猫はいっぺんに体調を崩してしまう、という。

紀夫は、食事をとる有希枝の顔をそっと盗み見た。やわらかい笑顔だ。優しいまなざしをして、口にする言葉の一つ一つが円みを帯びた響きになる。二人きりで過ごす週末に、こんな表情になったことは、いままであっただろうか？

「晩ごはん食べたら、外に出ない？」

「アンを連れて？」

「うん、ちょっと外の空気を吸わせてあげたほうがいいと思うけど」

「犬は散歩させなきゃいけないけど、猫はどうなんだろうなあ……」

それに、と紀夫はつづけた。

「猫を連れてるのを誰かに見られたら、ヤバいぞ」

このマンションはペットの飼育が禁止されている。

それから――もう一言。

「花粉症もあるし」

「わたしは平気よ」

「……アンのほうだよ」

花粉症なのかアレルギー性鼻炎なのか、アンのくしゃみはなかなか治まらない。平気なときは平気なのに、一度くしゃみが始まるとしばらくつづく。

「でも、ハウスダストでくしゃみが出てることだってあるでしょ。だったら、かえって外の空気を吸ったほうがいいんじゃない？」

有希枝は床でごはんを食べているアンを覗き込んで、「ねえ、アンも外に出たいよねえ」と声をかけた。

アンは、ちらりと上目づかいで有希枝を見る。有希枝が甘えた声で猫の鳴き真似をすると、それに応えて、にゃあん、と鳴いた。

「ほら」と有希枝は嬉しそうに笑った。

ちょっとずるいよなあ、と紀夫は思う。まいっちゃうよなあ、と苦笑する。こんなにくすぐったい苦笑いを浮かべたことは——いままでなかったな、と思う。


子どもをつくれないことがわかったとき、二人はいくつかの約束をした。

「『両親』にならないんだから、生き物としてのわたしたちはつながっていない、ってことだよね。『夫婦』なんて社会的な契約でしかないんだから」

有希枝は言う。頭でっかちの理屈ではあったが、言いたいことは紀夫にもわかる。

「つながっていない二人が同じ暮らしをして、ずっと一緒に生きていくわけだから、いろいろと考えておかないといけないと思うの」

干渉しすぎないこと——だから、寝室を別にして、それぞれ鍵付きの部屋にした。

家計は基本的に独立させること——生活費のために新たな口座をつくり、そこに二人は毎月の給料から同じ額を振り込んでいる。

「夫」や「妻」の役割を固めず、お互いの個を尊重すること——「ユキちゃん」「ノリさん」と名前で呼び合う理由は、それだ。有希枝は仕事を旧姓でつづけ、マンションの表札にも二人の姓を同じサイズで並べた。

「要するに、自由を最大限に認め合う……そうしないと、二人きりの暮らしって、絶対に煮詰まっちゃうと思うの」

有希枝の言いたいことは、これも、わかる。間違っていない、とも思う。

だが。

「自由を認め合うのって、けっこう不自由だと思わないか？」

そんなふうに言いたくなるときも――たまに、ある。

百パーセント冗談の口調で言う自信がないから、黙っている。

妊娠はまず不可能だろうと医師に宣告された日からずっと、もう七年以上、夫婦喧嘩はしていない。衝突しそうになると、お互いにどちらからともなく道を譲り合う。喧嘩はしたくない。するのが怖い、というのが紀夫の本音だった。有希枝もきっと同じだろう、とも思う。

二人暮らしで喧嘩をすると、間に立ってとりなしてくれるひとも、味方についてくれるひとも、「おまえのほうが悪いんだよ」と言ってくれるひとも、愚痴をこぼす相手すら、いない。

「二人」は、あっけなく「一人」と「一人」に分かれてしまう。「ひとりぼっち」と「ひとりぼっち」は、「自由を認め合える良きパートナー」として、つながっている。

でも、それと「夫婦」は、どこかが違うような気がするんだけどな……。

そんなことも、最近ときどき、思う。

夜の公園でアンを遊ばせた。

といっても、犬のように飼い主を追いかけたり、飼い主の放るフリスビーをキャッチしたり、というわけではない。バスケットから出すと、勝手にぽーんと駆けだして、広場の外の茂みに飛び込んでしまって、それっきりだった。

「だいじょうぶ？　ほんとに帰ってくる？」

「ああ……毛布さえあれば、絶対にそこに戻ってくるって言ってたから」

「でも、遊んでるところを見せてくれたっていいのにね」

有希枝は拍子抜けしてベンチに座り、「せいせいしたって感じで走っていっちゃうんだもん」と唇を軽くとがらせた。

「猫ってそういうもんだろ」

「それはそうだけど……もうちょっと感謝っていうかお愛想っていうか、そういうの見せてくれてもいいのにね」

さっき部屋の中で写真を撮っているときも、そうだった、という。抱っこしてポーズをとる有希枝に付き合ってはくれていても、アンはあまり嬉しそうではなかった、らしい。

「そんなことなかったと思うけどな」

「見てるぶんにはわからないのよ。でも、抱っこしてると、やっぱり伝わるの。ああ、この子、義理で付き合ってくれてるんだなあ、って」

「考えすぎだよ」

「ほんとよ。ノリさんのほうが鈍感すぎるんじゃないの?」

しゅん、と茂みからアンのくしゃみが聞こえた。思いのほか近い場所だった。

しゅん、しゅん、しゅん、しゅん、しゅん……。

繰り返すくしゃみの音は、葉擦れや小枝がぶつかる音と重なり合いながら遠ざかっていく。

「聞いてたかもしれないぞ、アン」

冗談めかして言うと、有希枝もおどけて、いっけなーい、というふうに肩をすくめた。

「でも、どうなんだろうな」

「なにが?」

「猫を飼うの、やっぱりやめとくか?」

「ううん、飼いたい」

「犬のほうが、まあ、愛想がいいっていうか、飼い主に従ってくれると思うけどな」

「無理だってば、犬は。仕事があるのに、散歩なんか行かせられないじゃない」

それはそうなのだ。

そもそもペットとして猫を選んだのも、猫なら手がかからず、放っておけるから、だった。有希枝の好きな言い方をすれば、猫のほうが犬よりもずっと「自由」なのだ。

「ねえ……ノリさん」

「うん?」

「わたし、最近わがままになったと思う?」

唐突な問いかけに、すぐには応えられなかった。「そんなことないと思うけど」と口にした答えも、タイミングがずれたぶん、取って付けたような感じになってしまった。

有希枝はそれ以上はなにも言わず、雲がかかって霞んだ夜空に目をやった。

しゅん、しゅん、とアンのくしゃみが聞こえる。かなり遠くまで行ってしまった。せっかく公園まで来たのだから、もっと広いところで遊べばいいのに、と紀夫は思い、そんなのアンの「自由」だよな、と苦笑した。

「わがままになったと思うんだ、わたし、自分で」

有希枝は空を見上げたまま、ぽつりと言った。「仕事でもなんでも」とつづけ、「ちょっといらいらすることが増えてるのよ……」とため息をついた。

若い子のでたらめな敬語が耳についてしかたない。年明けから担当が替わった取引先の課長の貧乏揺すりが嫌だ。ソフトの相性が悪かったのか急にフリーズが増えたパソコンにも腹が立つし、同じマンションの緑川さんの奥さんが生ゴミにこっそり不燃ゴミを混ぜているのが許せないし、会社から帰ってきたときに、エントランスホールで緑川さんたちが大声で世間話をしていると、げんなりしてしまう……。

「そういうのって、わがままとは違うんじゃないのか?」

紀夫が言うと、有希枝も「ぴったりくる言い方が見つからないんだよね」と認め、しばらく間をおいてから言い直した。

「思いどおりにならないことが増えた、っていうのかなあ」

さらに言い直す。

「思いどおりにならないことに敏感になったっていうか、弱くなったっていうか……あ、そうだ、免疫って感じ？　免疫がなくなっちゃった気がするのよ」

以前だったら気にならなかったことが、ひっかかる。「まあいいや」ですませていたことが、許せなくなる。

なんとなく、紀夫にもわかってきた。

それはそうかもしれないなあ、とも思った。

おとな二人の暮らしでは、思いどおりにならないことは、まず、ない。我が家のルールはきちんと守られる。邪魔者がいない。沈黙を望めばいくらでも静けさはつづくし、夫婦で長いおしゃべりを楽しんでいるときに、それを断ち切るものはなにもない。

きれいに生きてるよな、と思う。

部屋のたたずまいやファッションといったレベルではなく、暮らしそのものが、出来の悪い子どもにひっかきまわされ、同居する親の介護に追われ、ご近所の付き合いに神経をすり減らす同僚や友人に比べると、ずっと「きれい」だ。

だが、清潔すぎると、ちょっとしたばい菌に体がすぐに負けてしまうように、いまの「きれい」な暮らしは、じつはひどく脆《もろ》いものなのかもしれない。

「じゃあ、猫を飼いたくなったのって……」

紀夫の言葉を途中でひきとって、有希枝は小さくうなずいた。

「単純にかわいいからっていうのもあるんだけど、なんていうか、ほら、こっちが面倒見なくちゃいけないもの、困ったなあなんて言いながら世話をしてあげなきゃいけないものが、ちょっと欲しいなあ、って」

「……で、それが育っていってくれたら、もっといい、って?」

そうね、と有希枝はまたうなずいた。

紀夫は入れ替わるように夜空を見上げた。輪郭がぼやけた半月が、空の低い位置にある。春の夜空は、冴え渡った冬の空とは違って、ベールを一枚かぶせたように、もやっている。

胸をついて出てきそうになった言葉を、ゆっくりと呑み込んだ。

子どもの代わりなんだろう――?

たぶん、それが正解なのだ。

正解だから、言わない。

公園のベンチに並んで過ごす二人の時間は、またひとつ「きれい」になった。

三十分近くたったが、アンはまだ戻ってこなかった。ときどき思いだしたようにくしゃみが聞こえるから、茂みの中にいることは確かだが、戻ってくる気配はない。

「口笛吹いて呼ぶのって……犬だね、それは」

有希枝はつまらなそうに笑って、ジャケットの襟を合わせた。

昼間は汗ばむほどの陽気だったが、さすがに夜は冷え込んでくる。

「先に帰っててもいいぞ」と紀夫は言った。

「だいじょうぶ」

有希枝は答えて、「弱いなあ、ほんと」と言った。「こっちが帰りたいときに帰る、そんなの猫に通じるわけないのにね」

「なあ、ユキちゃん」

「え?」

「猫を飼うのって、やめようぜ。やっぱり大変だよ、ほんとに思いどおりにならないことばっかりだから」

有希枝は、喉を低く鳴らして、うなずくともかぶりを振るともつかずに首を動かした。

「それにさ……」

紀夫がつづけて言いかけたとき、茂みからガサガサッと大きな音が聞こえた。フギャッと短い叫び——別の、もっと小さな動物の叫び声も聞こえた。

「いまの、アンだった?」

「わかんない……」

ベンチから立ち上がって茂みを振り向くと、アンがゆっくりと出てきた。

口にネズミをくわえていた。

有希枝は息を呑んで、崩れ落ちるようにベンチに座り込んだ。

4

有希枝はアンを抱っこできなくなってしまった。

「食べたわけじゃないんだって」

紀夫は苦笑交じりに言った。「ネズミを捕まえて遊ぶなんて、猫にとってはあたりまえのことなんだよ」――なあ、とバスケットに入れたアンの頭を軽く撫でた。

「それはそうだけど……なんか、信じられない……吐き気、してきそう」

有希枝は怖気《おぞけ》をふるって、バスケットから顔をそむけた。

紀夫はもう一度アンの頭を撫でる。頬に貼りついた苦みが、胸にも染みていく。

「猫は人形やオモチャじゃないんだ。ウンチだってするし、病気にだってかかるし」

「わかってるわよ、そんなの」

「それに……」

「なに？」

「最後は死んじゃうんだぞ」

有希枝は、わかってる、と顔をそむけたまま、すねた子どものようにうなずいた。

紀夫は黙ってバスケットの蓋を閉じる。

言いたかった言葉を、一つ、はしょった。

猫は、子どもだって産むんだ――。

言ってはならない言葉だと、思った。

「帰ろう」

バスケットを提げて声をかけると、有希枝の返事の代わりに、バスケットの中で毛布にくるまったアンが、にぃーっ、と鳴いた。

「帰ろうぜ、ユキちゃん」

うながして、少し足早に歩きだした。有希枝も無言であとにつづく。

公園から我が家までは、ゆっくり歩いて五分ほど。行く手に団地の建物が立ちはだかる格好になる。週末の夜――通りを行き交う人影はない。その代わり、団地のほとんどの窓に明かりが灯っている。

途中の掲示板に、少年野球チームのメンバー募集のポスターがあった。〈子どもたちに美しい地球を残そう〉と訴える環境保護のポスターも、その隣に。

「アンを返したあと、どうする？」

歩きながら、有希枝に訊いた。

「……どうする、って？」

「猫、飼うか？」

どちらでもよかった。有希枝の決めたことに従うつもりだった。

間をおいて、「わからない」と答えが返ってきた。

「猫はわがままだもんな」

紀夫は笑って言った。それをどう受け止めるかも、任せた。

有希枝は黙って、鼻をぐずぐず鳴らす。

明日のスギ花粉の飛来量は、今日よりもはるかに多いらしい。

アンは――どうだろう。

花粉症の猫なんてほんとにいるのかな、と首をかしげたら、それが伝わったかのように、バスケットの中からくしゃみが聞こえた。

しゅん、しゅん、しゅん、しゅん……。

「今夜どうする？　アンと同じ部屋で寝るのか？」

「口を拭いたりとか、できないよね」

「無理だろ、それは」

「お風呂に入れるのも……猫って嫌いなんだっけ、洗われるの」

「確かそうだよ」

「病気とか寄生虫とかは、同じ部屋ぐらいだったらだいじょうぶだと思うけど、あと、ほら、ノミもいたら、ちょっと困るよね」

しゅん、しゅん、しゅん、とアンはくしゃみを繰り返す。

「ねえ、ノリさん、ペットショップの店長さん、毛のことはなにか言ってた？　やっぱり抜けちゃうんだよね？」

紀夫は、ため息に小さな声を溶かした。

有希枝はそれを聞き逃して、「におい、残っちゃうと思う？」とさらに尋ねてくる。

紀夫は、さあ……と首をひねり、またひとつ、ため息をついた。

アンのくしゃみはようやく止まった。

団地の建物がだいぶ近づいてきた。どこの部屋も窓の明かりがまぶしい。二人の部屋のような光量を絞った間接照明は、たぶん、団地住まいの一家団欒《だんらん》には似合わない。二人暮らしなら広すぎるほどだが、子どもがいれば手狭に感じるはずの３ＬＤＫの週末に似合うのは、もっとあっけらかんとして、もっと飾り気がなく、もっと騒々しくて、もっと窮屈で、もっと……。

紀夫は、さっきは小声でしかつぶやかなかった言葉を、あらためて口にした。

「だったら、猫なんて飼うのやめろよ」

有希枝の返事を待たずに、歩幅を広げ、自分の影をにらみながら、先に進んだ。


その夜、アンは紀夫の部屋で眠った。

蓋を開けたバスケットの中、生まれたときからいつもそばにある毛布にくるまって、寝息の気配すら感じさせずに静かに眠る。

真夜中にふと目を覚ました紀夫は、部屋の空気がほんのわずか湿っぽくなっていることに気づいた。

湿り気と、鼻の奥が微妙に毛羽立つようなにおいと、あとは、これもほんのわずかな温もりが

——ある。

まだ頭が半分眠っていたせいで、最初は、なにか食べ物を置いて寝たっけ、と思った。

ああそうか、と思いあたると、肩から力が抜けた。

明かりを点けずに、上体を起こした。

生成りのまま色を塗っていないバスケットが、ほの白く、暗がりに浮かびあがる。

「アン……寝てるか？」

返事はない。あたりまえだよな、と苦笑する。

「生意気だなぁ、おまえ、けっこう存在感あるぞ」

子どもじみた言い方をした。照れ隠しのつもりだったが、しゃべってみると、あんがい悪くない。言葉がすんなりと出る。

「ユキちゃん、ふて寝しちゃったな」

声をかけたあと、「ユキちゃん」は違うか、と思って、言い直した。

「ママ、怒ってたよなあ、さっき」

胸が、とくん、と跳ねた。

子どもの頃、海で泳いでいて、足の届かないところに差しかかったときのように。

「ガンガン怒るんじゃないんだ、ママは。ああやってさ、黙っちゃって、すーって感じで部屋に入っちゃっただろ、ああいうときが怒ってるときなんだ。そうなったら、もう、こっちがよけいなこと言ってもだめなんだ。放っておくしかないんだよ」

なにを言ってるんだろうな、俺は。

「けっこう、気ぃつかってるんだぜ、パパも」

胸が、また跳ねる。

「……なんちゃって」

口をつぐんだ。跳ねたあとの胸が重くなる。自分がひどいルール違反を犯してしまったような気がした。

この家の中で有希枝以外の誰かと話したのは、ほんとうにひさしぶりだった。相手が猫でも、返事はなくても、ひとりごとではなかった——と思う。

だから、ルール違反だったのだ。


日曜日は、朝からはっきりしない天気だった。空は曇っているが雨が降りだすほどではない。風が強い。湿って、妙に暖かな風だ。梅雨の時季に似ている。

「降るなら降ってくれるといいのにね……」

有希枝は鼻をぐずぐず鳴らして、ぼやく。さっきは花粉症用の目薬を点《さ》していた。甜茶《てんちゃ》エキス入りのキャンディーを起き抜けからたてつづけに舐めているが、効き目はない。

朝のニュースが伝えた花粉情報では、今日のスギ花粉の飛来量は、このシーズンで一番になりそうだという。

「今日は外に出ないほうがいいな」

紀夫が言うと、アンと一緒に「お出かけの日曜日」を過ごすのを楽しみにしていたはずの有希枝は、「そうね」とあっさりうなずいた。ふて寝の段階からは少しましになったが、アンを膝に抱き取ろうとはしない。

アンは所在なげに和室をうろうろ歩いては座り込むのを繰り返していた。せっかく買ってきたタワーも、色が気に入らなかったのか、ほとんど興味を示さない。ときどき、くしゃみが出る。アンも今日は外に出ると大変な思いをしてしまうかもしれない。

有希枝は朝食をスープしか飲まなかった。鼻詰まりで頭が重いのが半分、残り半分は、アンを見ていると、ゆうべのネズミのことがよみがえって胸がむかむかしてしまうから。

「アンが悪いわけじゃないっていうのは、わかってるけど……ごめん」

「俺、いまからアンを返しに行くよ。一日減っても料金は返さなくていいって言えば、向こうも断らないと思うんだ」

「そんなのかわいそうじゃない。だいじょうぶ、わたし、今日は自分の部屋にいるから。どうせ仕事の書類もつくらなきゃいけなかったんだし、ちょうどいいわ。ノリさん、アンと遊んであげてよ」

「なあ、ユキちゃん……猫を飼うの、やっぱりやめるか」

有希枝は——たぶん、ゆうべ一人で考えていたのだろう、さほど迷う間もなく、黙ってうなずいた。

「犬にしてみるか。それとも、熱帯魚とか、手間がかからないってことだと、意外と爬虫類なんかもいいって言うけどな」

「どれでも同じだよ。やっぱり、ノリさんと二人で、ずっとマイペースでやってきたわけじゃない。もう、それに慣れちゃったんだよね。いまさら新しい生き物が入ってきても、なんか、邪魔者っぽいだけだと思うし」

「でも……」

言いかけた言葉を呑み込んだ。

それじゃあ結局、寂しいままじゃないのか、俺たち――ルール違反なんだと思った、これも。

「ノリさん、ありがと」

有希枝は声を急にはずませて言った。背筋もぴんと伸ばして、「なにが?」と聞き返す前に、つづけた。

「アンに会わせてくれて、感謝してる。自分がすごくわがままで、思いどおりにならないことにすごく弱くて、でも、それをいまから変えていくのって、すっごく難しいんだな、って……アンのおかげでわかったから。うん、やってみなきゃわからないことって、たくさんあるから」

「……いいのか?」

「いいもなにも、だって、猫を自分の思いどおりにしようって思うのがわがままだったんだもん。ありがとっていうか、ごめん、だね、アンには」

しゃべっているうちに垂れてきた洟《はな》を、あわててティッシュペーパーで押さえた。

「ごめん、もう、ほんと、頭がぼーっとしちゃってるから、ちょっと寝るね」

有希枝はそう言って、ティッシュを鼻にあてたまま席を立ち、自分の部屋に向かった。引き留められなかった。

有希枝の部屋のドアが閉まる音を聞いて、紀夫は力なく椅子から腰を浮かせた。

「やっぱり帰ろうな、アン。送っていってやるから」

アンは珍しくタワーに登っていた。

てっぺんの棚に寝そべって、じっと紀夫を見下ろしている。

まっすぐな視線に気おされて、紀夫は窓の外に目をやった。花粉はあいかわらず空中を流れているのだろう。奥多摩や秩父のほうの杉林の花粉が、風向きによっては、東京湾を越えて、ここ――千葉のあたりまで飛んでくる、と聞いたことがある。

たいしたものだよな、と素直に思う。

そんなにしてまで子孫を残したいのか、おまえたちは。忌み嫌われながら、受粉のあてもなく、ただひたすらに花粉を放ちつづけるおまえたちは、ほんとうは、耐えきれないほどの寂しさを背負って山の斜面に立ち並んでいるのか……?

視界の端を、影がよぎった。

振り向くと――いや、それよりも早く、アンはタワーから飛び降りていた。和室の障子に向かって、ふぎゃあっ、とケモノの声をあげて、障子紙に爪を立て、紙を引き裂くのと一緒に、ちゃちな桟も折った。

なにが起きたのか、最初はピンと来なかった。アンはケモノの声をあげながら和室を駆け回り、障子や襖や畳に次々と傷を付けていった。タワーに飛び乗って、すぐに飛び降りて、今度は和箪《わだん》笥《す》に爪を立てる。

足元をすり抜けて、リビングに入る。

サイドボードの上に乗って、写真立てや花瓶や置き時計を端から落としていく。

ガラスの花瓶が割れた。

その音で、やっと紀夫は我に返った。

「アン！　やめろ！」

捕まえられるはずもなかった。

中腰になって追いかけているると、足がもつれ、ソファーの脇のフロアスタンドに腰がぶつかった。スタンドが倒れて、電球の割れる音が響いた。

「こら！　アン！　やめろ！　やめろって！」

センターテーブルに臑《すね》をぶつけた。

前のめりに倒れ込んだところに、ラックから落ちたＣＤが降ってきた。

アンはダイニングテーブルの上も駆け回り、コーヒーカップや皿やサラダのガラス鉢を床に落としたすえに、中身がたっぷり入ったオレンジジュースの二リットル入りの紙パックに前足を伸ばし、ボウリングのピンのように、こてん、と倒した。真っ白なラグにオレンジ色の染みが広がるのを、紀夫は四つん這いになったまま、呆然と見つめた。

「どうしたの？　なに騒いで……」

リビングに戻ってきた有希枝も、戸口にたたずんだきり絶句した。アンはダイニングテーブルから勢いをつけて飛び降りて、ホップ、ステップ、ジャンプで床を跳ねて、また飛び上がり……キッチンの流し台のシンクに、ダイブした。

「なんなの？　どうしちゃったの？」

有希枝は床に雑巾をかけながら、半べその声で訊いた。

「わかんないよ、俺にも」

「おとなしくて賢い猫じゃなかったの？」

「……わかんないって言ってるだろ」

ため息交じりに返した紀夫は、張り込んだ買い物だったジノリのカップのかけらを拾い集める。

契約では、猫の粗相による損害はいっさい補償されないことになっている。あの店長にだまされたんじゃないか、と恨めしげにアンを見た。アンはもう、すっかり落ち着いて、前肢をぺろぺろ舐めている。

たっぷり一時間かけて部屋の片づけが終わると、紀夫と有希枝はどちらからともなく床にへたり込み、壁に背中を預けた。目が合うと、「まいっちゃったね」と有希枝が言い、「たまんないよ」と紀夫も返した。

二人きりの「きれい」な暮らしが台無しになってしまった。静かな休日がぶち壊しになってしまった。

「でも……」

有希枝は穴だらけになった障子を見て、「けっこう、すっきりしたかも」と言った。

そうだな、と紀夫はうなずいた。

「猫を飼うのは大変です、はい、よくわかりました」

有希枝はちょっとしかつめらしく言って、その場にへたりこんだまま、アンを呼んだ。

「こっちおいで、アンちゃん」

両手を広げて迎えると、アンは、にゃあ、とやわらかく鳴いて、有希枝に近づいていった。抱っこ——できた。

「さっきはびしょ濡れだったのに、もう乾いてるね」と有希枝は感心して、アンの背中を撫でた。

だが、洗い物の残っていたシンクに飛び込んだせいで、毛はだいぶ汚れている。

「風呂場で洗ってやったほうがいいかもな」

「大変なんじゃないの?」

「暴れるかもしれないけど……二人でやれば、なんとかなるんじゃないかな」

二人で——のところを少し強めて言ったつもりだったが、それが伝わったのかどうか、有希枝は抱っこしたアンを軽くにらんで、「負けないからね」と言った。

アンはくすぐったそうに背中を伸ばしかけて、しゅん、しゅん、しゅん、と三度つづけてくしゃみをした。

「ほら、あんた、濡れたから風邪ひいちゃったのよ」

と、言ったそばから、有希枝も大きなくしゃみをした。

紀夫は、やれやれ、と苦笑して立ち上がり、風呂場に向かう。

シャワーのお湯を出し、熱めのほうがいいのかな、猫舌っていうぐらいだからぬるくなきゃだめなのかな、と温度を調節していると、胸の奥から笑いがこみあげてきた。

たまには、いい——。

シャワーのお湯を、服を着たまま、頭からかぶった。

たまには、こんなのも、いい——。

「おーい、早く来いよ、お湯出してるぞお」と有希枝を呼んだ。

返事の代わりに、くしゃみが、大きいのと小さいのと、二つ重なって聞こえた。

助手席に座るブランケット・キャット

1

リクエストは、いつも黒猫。

メインクーンのクロとは五年間付き合ってきた。クロが年老いてブランケット・キャットを引退したあとは、雑種だがきれいな色艶の黒毛に覆われた二代目のクロを必ず指名する。

「べつにどうしても黒猫じゃなくちゃいけない、ってわけじゃないんだけどね」

受付カウンターでクロを待ちながら、たえ子は店長に話しかける。

ふだんはそうでもないのに、クロを借りるときは、いつもおしゃべりになる。はしゃいでしまう。二泊三日、最初から最後まで、ずっと。

「でも、黒猫って、きれいでしょ？　うん、なんていうか、置物として優れてると思うのよね、わたし」

店長はパソコンを操作して貸し出し手続きを取りながら、「置物、ですか」とつぶやくように言った。

「そういう発想って、よくない？」

「いえ……発想だけなら、どんなものでも」

「ＯＫでしょ？」

「ええ」

店長は苦笑して、マウスをクリックする。画面に貸し出し履歴が表示される。ちょうど三カ月ぶり、ということになる。いつものペース——春夏秋冬に一度ずつ。

「ねえ、昔のクロ、元気にしてる？」

「のんびりやってますよ。もう商売物になるような歳じゃないんで、あとは余生を幸せに、って感じです」

「引退してから二年だっけ？　わたしのこと覚えてる……わけないよね、猫だもんね」

「そんなことないですよ。たえ子さんだったら、ちゃんと覚えてると思いますよ。いろんなところに連れてってもらったんですから」

「でも、猫って、恩知らずだって言うじゃない」

「犬ほど愛想が良くないだけですよ」

「三歩あるいたらぜんぶ忘れるって……あ、そうか、ニワトリだね、それは」

きゃはっ、と笑う。

店長も笑い返して、「今度はどこに行くんですか?」と訊いた。

「温泉。山の温泉と海の温泉、はしごしようと思って」

「いいですねえ」

「でしょ?」

えっへん、と胸を張って、笑う。

「そうかあ……海と山かあ……」

うつむいてひとりごちた店長は、顔を上げると「昔のクロ、連れて行きますか?」と言った。

「いいの?」

「クロもおばあちゃんですから、もうこれからは遠出もできなくなっちゃうんで、元気のあるうちに海とか山とかに連れて行ってやりたいと思ってたんですよ。ブランクはあるけど、たえ子さんだったら、あいつ、だいじょうぶだと思うんですよね」

「ほんとに、いいの?」

「たえ子さんさえ、よかったら」

「……ほんとの、ほんとに、いいのね?」

顎を引いて、上目づかいに店長を見た。おどけたしぐさとまなざしを、つくった。思いがけないプレゼントに半信半疑の幼い女の子になったつもりで、「ほんとぉ?」と腰ももぞもぞさせた。

五十歳を過ぎて、なにやってるんだろう。頭の片隅で、冷静さを保っている自分があきれる。

それでも、いつも以上に浮き立った気持ちを抑えることはできなかった。

二代目クロも、悪くはない。

だが、長年付き合ってきた初代クロには、やはりまだ、かなわない。

二人で――と、あえて言いたい。

二人で、何度も旅をしてきた。

彼女と――とも、あえて言いたい。

彼女はいつも助手席に座っていた。大柄なメインクーンの成猫が背筋をぴんと伸ばすと、「乗せている」「連れている」には収まらないほどの存在感があって、「旅の相棒」と呼ぶのが、いちばんぴったりくる。犬好きのひとがゴールデンレトリバーを誇らしげに車の助手席に座らせているのと同じだ。

店長は二代目クロのキャンセルの手続きをとりながら、「クロにとっては最後の旅になると思います」と言った。「いい思い出をつくらせてやってください」

たえ子は笑顔でうなずいて、事務所の奥に姿を消した店長を笑顔で見送って、一人になったのを確かめてから、頰を微妙にこわばらせた。

ひさしぶりに会ったクロは、最後にドライブに出かけた二年前に比べると、やはり確実に年老いていた。黒い毛に艶がなくなり、胸についた飾り毛もだいぶボリュームが落ちてしまった。

胸に抱き取って、「クロちゃん、覚えてる？　たえ子だよ」と声をかけても、暴れたりうなったりしない代わりに、嬉しそうなそぶりも見せない。なにか、全体的にしぐさが緩慢になり、身動きするのが億劫そうだった。

「歳はとってますけど、病気はありませんし、ウンチやオシッコも自分でちゃんと始末ができますから」

店長はそう言って、付け加えた。「あと半年たつと、わかりませんけど」――クロはもう、そこまで年老いているのだった。

バスケットに入れて、毛布にくるんだ。

駐車場に停めた車に乗り込むまでの短い移動でも、ペットショップを出るときには必ずそうしなければならない。いまからブランケット・キャットとしての「仕事」が始まるんだと教えるために必要なのだ。

バスケットに入れられるとき、クロはなにを思っているんだろう。たえ子は昔からそれが気になってしかたない。毛布にくるまっているときのクロはいつも、じっと一点を見つめている。メインクーン独特の、「アライグマと猫の混血だ」という伝説もあるほど野性的で鋭い眼光は、目に見えないものも透かしているのかもしれない。そんなことも、ときどき思う。

「じゃあ、よろしくお願いします」

店長は笑った。ふわっ、とシャボン玉を宙に浮かべるような、軽く、やわらかい笑顔だった。

「車、買い換えたのよ」

エンジンをかけて、助手席のクロに言った。「でも、やっぱり、中古の軽四なんだけどね」と肩をすくめてつづけ、サイドブレーキを解除しながら、ため息をついた。

長いドライブになる。目的地は、信州の山奥にある一軒宿の温泉——着くのは夕方になるだろう。四月半ばとはいえ、天気が崩れれば雪になるかもしれない。

通りに出て、スピードを上げた。エンジンの音が耳にうるさい。風切り音も強い。最近流行りの車高の高いデザインなので、高速道路や峠道のカーブでは左右にふらついてしまいそうだ。

「ねえ、クロちゃん。レンタカー借りちゃおうか、もっと大きな、いい車」

クロは、先のとがった耳をわずかに動かした。さんせーい、と言っているんだ、と勝手に決めた。

「歳とっちゃったもんね、あんた。カーブでふらつくと、シートから転げ落ちちゃうんじゃないの?」

歯もほとんど抜けてしまった、と店長は言っていた。

いま、十二歳。たえ子が最初に借りたときは五歳だった計算だ。猫の老化は八歳頃から始まるというから、女盛りの時期に出会ったのだろう。

「わたしだってさ、まだ四十代だったんだもの。盛りだったかどうかは知らないけど……まあ、若かったよね、ほんと」

カーナビでレンタカーの営業所を探した。

「それにしても、あんたのところの店長さんも、なーんか、妙な雰囲気してるよねえ。愛想はいいんだけど、心から笑ってないっていうか、ぜんぶお見通しですよ、っていうか。クロちゃん、店では古株なんでしょ？　どうなのよ、そこのところ。意外と虐待なんかされてるんじゃないの？」

信号が黄色から赤に変わったばかりの交差点を突っ切って、きゃあっ、と笑う。

「名前もクロだもんねえ、芸も色気もないって、そんなの」

まあ、わたしだって似たようなものだけど——心の中で付け加える。

たえ子は、耐え子。

亡くなった両親は「多恵子」と名付けるつもりだったらしい。姓名判断の先生に画数が良くないと言われて、ひらがな交じりにした。結婚して苗字が変わったら姓名判断なんて無意味になるんだと、どうして両親は気づかなかったのだろう。

苗字を最初に変えたのは三十年前。総画数は最悪になった。

三年後に、苗字を戻した。

その翌年、また苗字が変わった。今度も最悪の総画数になってしまった。

十年かかって、やっぱり最悪は最悪なんだと思い知って、苗字を戻した。

すっかり懲りて、もう誰かと一緒に暮らすのなんてうんざりだと思っていたのに、やがて四つめの苗字を背負うことになる。四十歳のときだ。今度もまた——冗談のような話だが、総画数は最悪だった。

もっとも、四十歳にもなれば、さすがに多少の知恵はつく。教訓めいたものも好きになるし、教訓のネタだけはたくさん仕込んできた。

「たえ子」は九画。

これを「耐え子」に変えれば十四画――総画数は一気に、なにをやってもうまくいく運勢に転じてくれる。

「耐え子」でいればよかったのだ。そうすれば、いままでの夫とも、きっと、別れずにすんだかも……なんて。

カーナビが検索を終えた。半径十キロ圏内に、レンタカーの営業所は三つあった。二つは自動車メーカーの系列店だったが、残り一つは、高級輸入車専門を謳《うた》う、ちょっとあやしげなところだった。

「目的地を指定してください、目的地を指定してください、目的地を指定してください」と若い女性の声で繰り返すカーナビを、「うっさい！」と叱りつけて、クロに声をかけた。

「ねえ、せっかくだから、贅沢しちゃおうか。ベンツとか、ビーエムとか、ボルボとか、そういうの借りちゃおうか」

お金なら、たっぷりある。

こんなにたくさん自由になるお金を持っているのは、人生で最初で最後かもしれない。

「クロちゃん、どう思う？」

クロは、ふさふさした長い尾をけだるそうに振った。

いいね、最高、と喜んでくれているんだと、無理やり決めた。

メルセデス・ベンツのSクラスが空いていた。事前予約が原則だと言われたので、保証金をうんと――札束には慣れているはずの連中がぎょっとするほど預けた。

本来は猫や犬を乗せるのも禁じられているらしい。車中では絶対にバスケットから出さないからと約束して、車内のクリーニング代を、これも担当者が恐縮するほどの金額を仮払いして――営業所を出て最初の赤信号で、約束を破った。

「乗り心地、どう？　これがベンツってやつなんだよ。買えば一千万円以上するんじゃない？　ドライブしてみて、気に入ったら帰りに買っちゃおうか」

その気になれば、できないことはない。

レンタカーの営業所で免許証を出したときもすんなり通ったから、まだ事件は表沙汰にはなっていないようだ。

高速道路のインターチェンジまでは、往復六車線のバイパスを一直線に行けばいい。軽自動車の運転に慣れた感覚では、Sクラスのサイズは、ほとんどバスかトラックだ。車内はリビングルーム。右ハンドルから急に左ハンドルに変わったせいもあって、車を運転しているというより、なんだかまったく別の乗り物を操縦しているみたいだ。

「静かだよねえ、なんか、もう、こういうのを滑るような走りっていうのかなあ」

エンジン音も風切り音もロードノイズも、意識しなければ耳にひっかからないほど小さい。営業所の近くのコインパーキングに停めておいた軽自動車は、エンジンを切っても、まだガタガタと音をたてているかもしれない。

「クロちゃん、知ってる？　あの車ってね、エンジンの音が『ビンボー、ビンボー、ビンボー、ビンボー』って聞こえるのよ。ほんと、ほんとだってば。で、急ブレーキかけると『キューリョー、キューリョー、キューリョー、キューリョー』って……あんた、信じてないでしょ、でもほんとなんだよ」

クロの返事はない。若い頃からほとんど鳴かない猫だったが、歳をとっていっそう無口になったようだ。

他のひとにレンタルされていたときも同じなのだろうか。それとも、三日間の飼い主の好みに合わせて性格を変えていたのだろうか。

長い付き合いだというのに、店長はなにも教えてくれない。クロをリクエストして借り受ける他の客についても、「男と女のどっちが多いか、だけでもいいじゃない」と言っても、だめだ。答える言葉はいつも同じ――「ずば抜けて賢い猫じゃないと、ブランケット・キャットにはなれませんから」。

クロがずば抜けて賢いかどうかは、わからない。はしっこさで言うなら、二代目のクロのほうが利発そうにも見える。

それでも――クロは、いい。

相性なのだと思う。

クロを助手席に座らせてドライブしているときが、いちばん楽しかった。二泊三日の旅で、会えなかった三カ月ぶんの沈黙の重みを肩からすっかり下ろせる。二代目のクロのときには残ってしまう澱《おり》のようなものが、そうだ、ひさしぶりに先代のクロに会って思いだした、昔はそれすらきれいに消え失せてくれたのだった。

「あとねえ、ウチの車って、ワイパーの音は『シャッキン、シャッキン』だし、ウインカーを出すと『ツカレタ、ツカレタ、ツカレタ、ツカレタ』って……」

つまらないことを笑いながらしゃべれる。

絶好調だなあ、と自分でも少しあきれる。

なにしろ二年ぶりだ。

澱はたくさん溜まっている。

インターチェンジが近づいた。長野方面、渋滞はない。

我が家の軽自動車とは左右逆に付いているウインカーレバーに戸惑いながら、左端の車線に移った。慣れない左ハンドルで急な動きになってしまったが、後ろを走る車が気をつかってスピードを落としていたので、あわてずにすんだ。

「やっぱりベンツだね。軽四だったら、いまの絶対にクラクションだよ」

こんなに気持ちが浮き立つのは、ほんとうにひさしぶりのことだった。

もっと楽しみたい。もっともっとおしゃべりになって、もっともっともっと笑っていたい。

だから――肩に食い込むいっとう重い澱を、最初に引き剝がすことにした。

「クロちゃん」

ランプウェイに入った。

「わたしね……泥棒しちゃった……」

2

正確には泥棒ではない。

たえ子が犯したのは、横領だった。

三十年勤めてきた文具卸の会社から、運転資金を三千万円ほど——。

「家族的」という言葉がほんとうにぴったりくる、小さな会社だった。無理な背伸びをせず、といって前向きな姿勢を失ったわけでもなく、この時代のご多分に漏れず決して経営は楽ではなかったけれど、堅実に、大手の塗り残しを見つけては細い絵筆を走らせる、そんな会社だった。

社長に信頼されていた。いまの社長の父親にあたる先代からも、社長の息子の専務からも、「たえ子さん、たえ子さん」と名前で呼ばれて、たえ子の管理する帳簿はいつもノーチェックだった。

「いいひとなのよ、みんな」

助手席のクロに言った。「なんていうか、ほのぼの劇場って感じの、いいひとばっかりだったの」とつづけ、すでに時速百二十キロ近くなっていた車のスピードをさらに上げた。

社長一家の人柄にふさわしく、従業員も皆、おっとりとしていた。もちろん、三十年も勤めていれば、衝突の一つや二つはなかったわけではない。性格のひねくれたひとや、だらしないひとや、妙につっかかってくるひとも、それなりにいた。だが、すべてが終わってしまったいま、振り返ってみると、「みんないいひとだったな」という、ほのかに苦い微笑みしか浮かばない。

あと数年で、つつがなく定年を迎えるはずだった。定年の少し前には、子どもの頃から「たーおばちゃん、たーおばちゃん」となついていた専務の息子も入社するし、社長からは「定年後も嘱託として仕事をつづけてほしい」とも言われていた。

なんの不満もなかった。

いまも――ない。

これからも、会社を思いだして嫌な気分になることは、たぶん、絶対に、なにがあっても、ないだろう。

「ひどいよね」

つぶやいて、追い越し車線を走っていた乗用車にパッシングを浴びせた。

〈赤ちゃんが乗っています〉というプレートをリアウインドウに掲げた車は、あわてて左側の走行車線に逃げた。ひゃっ、と短い悲鳴をあげて、首を縮めるように。

メルセデスベンツ・Sクラスの威厳というか、威光というか、迫力というか、押し出しの強さを実感する。

外車に憧れながら、結局クラウン止まりで亡くなった先代の社長のことを、ふと思いだした。社用車をちょっと無理をしてセルシオにしたときの、いまの社長の嬉しそうな笑顔も浮かんだ。

三千万円――。

利殖で増やしたり土地を転がしたりして貯め込んだ金ではなかった。社長から平社員まで全員が、頭を下げ、靴を磨り減らし、接待の席ではプライドをかなぐり捨てて、こつこつと貯めてきた資金だ。経営が苦しいときには残高が減り、持ち直したら増える、会社の元気のバロメーターになっていた。

それを、すべて奪ってしまった。

「ひどいよね、ほんとに……」

クロは黙って、大柄な体をゆっくりと伸ばし、運転席と助手席の間からリアシートに移った。軽自動車でドライブをするときには、体をよじって、いかにも窮屈そうに前後のシートを行き来していた。それに比べると、さすがにSクラスは広い。メインクーンの成猫でも楽々通り抜けることができる。

「次のサービスエリアで休憩しようか、クロちゃん」

さんせーい、というふうに、クロは喉を鳴らした。

甲府の先のサービスエリアに入って、レストハウスに隣接する小さな林でクロを遊ばせた。といっても、クロはもう年老いている。のそのそとした動きで、たえ子から二メートルほど遠ざかると、気だるそうに寝そべってしまった。

ベンチに座ったたえ子は、自動販売機で買った紙コップのコーヒーを啜りながら、クロの背中をぼんやりと見つめた。

若い頃は光沢のあった黒毛も、いまはぱさついて、全体がくすんで見える。

店長から渡されたキャットフードも、歯の弱い老猫用の、ペースト状のものだった。

息づかいそのものも、よっこらしょ、よっこらしょ、という無言のかけ声と一緒に胸を動かしているみたいだ。

三人目の夫と別れたあと、クロと出会ったのだった。七年前のことだ。

寂しかった、というわけではなかった。

雑誌かなにかで猫のレンタルという商売を初めて知ったときには、正直、あきれた。それで金を儲ける業者にも、二泊三日で猫を借りる客にも。

面白半分で借りた。黒猫が「縁起が悪い」と言われていることは子どもの頃から知っていた。

だから——クロにした。

自分にいちばん似合いの猫は、不吉な黒猫なんだと思っていたから。

若い頃に読んだ寺山修司の詩の一節も、頭の片隅に残っていた。

こんな詩だった。

〈ふしあわせと言う名の猫
がいる
いつもわたしのそばに
ぴったり寄りそっている〉

不幸と一体になった猫。きっとそれは黒猫だろう、と勝手に決めた。

だから——クロの別名は、「ふしあわせ」。

「ふしあわせ」という名の猫を助手席に乗せて、五年間、春夏秋冬に一度ずつ、長いドライブを繰り返してきた。

六年目と七年目は、二代目クロがドライブに付き合ってくれた。だが、二代目のクロの黒毛は色艶がきれいだったが、初代のクロに比べると、なにか深みに欠けている。初代のクロにひさしぶりに再会して、それに気づいた。「ふしあわせ」と名付けられる猫は、やはり、このクロしかいないんだ、と。

「ふしあわせ」のそばを、チョウチョが揺れながら飛んでいる。

「ふしあわせ」が、目をつぶる。

「ふしあわせ」があくび交じりに伸びをする。

「ふしあわせ」の耳が、ぴくぴく動く。

両親と手をつないだ幼い女の子が、「ふしあわせ」を見つけて、「かわいーいっ」と声をはずませた——親のほうは眉をひそめて、「車の運転、気をつけなきゃだめよ」「わかってるって、そんなの」と言葉を交わしたのだけど。

「ふしあわせ」が、寝そべったまま、こっちを振り向いた。

たえ子は「そろそろ行く？」と声をかけて、足元に置いてあったバスケットの蓋を開けた。

「ふしあわせ」は、ゆっくりとバスケットに向かって歩いてくる。

バスケットに入った。

蓋をした。

取っ手をつかんで、立ち上がる。

「ふしあわせ」に寄り添われて、たえ子のドライブはまだつづく。


諏訪湖を通り過ぎて最初のインターチェンジで高速道路を下りた。

ここからは、くねくねと曲がった国道を北上して、途中で林道に入る。一軒宿の温泉までは、あと二時間——日が暮れた頃に着くだろう。

カーラジオを点けた。まだ事件のことは報じられていない。のんきな社長一家はまだ気づいていないのか、ニュースで流すにも価しないちっぽけな犯罪ということなのか。

「まあ、どっちでもいいんだけどね」

たえ子は笑って、車を走らせる。

国道沿いのガソリンスタンドで給油をするとき、旅館に電話を入れた。猫を泊めてもいいのかどうか、予約のときに確認しておいたことを、もう一度念を押して尋ねた。

何年か前の冬のドライブでは、予約を頼んだ旅行会社とホテルとの間の連絡がうまくいかなかったせいで、チェックインのときになって宿泊を断られた。怒りは湧かなかった。「ふしあわせ」と一緒なんだから、こういうこともあるよね、と納得した。

結局、その日はうらびれたモーテルに泊まった。鏡張りの天井に映る自分に飛びつこうとして、クロは円形のベッドの上で何度も何度もジャンプしていた。まだ若かったのだ、あの頃は、クロも。

給油が終わると、「ラストスパート、がんばろーっ」とクロに声をかけて、自分で「おーっ」と返した。

クロは助手席で背中を丸め、うつらうつらしていた。


社長一家や会社に憎しみや恨みなど、あるわけがなかった。

三千万円のお金がどうしても欲しかった、というわけでもない。

この三千万円が会社にとってどれほどの重みを持っているかも、身に染みて知っている。

「逮捕されたら、絶対に動機って訊かれちゃうよね。なんて言えばいいんだろうね、そういうとき……」

つい出来心で、というのでもない。

心のバランスを崩した盗癖も、そういうひとの気持ちがわからないわけではないけれど、自分には無縁だと思う。

「クロちゃん、あんたならどう説明する？」

返事はなかった。

「でも、ほんと、わかんないいんだよねえ、うん、なんて言えばいいんだろうねえ、こういうのって」

近いものを無理やり探すとすれば、たとえば、花壇に咲く花を端からむしっていく子ども――どきどきしながら積み上げていった積み木のタワーをいっぺんに崩してしまう子ども――大事に大事にしていたリカちゃん人形にお気に入りの服を着せ、髪にていねいにブラシをかけて、ぎゅうっと抱きしめてから、首を引っこ抜いてしまう子ども――。

ぜんぶ、子どもの行動になってしまう。

五十代の半ばを過ぎて?

なんなのよ、それ、と苦笑した。

林道に入ると街灯がなくなった。両側の山が切り立っているせいで、夕陽も差し込まない。急に暗くなった。ヘッドライトを点けた。前方の道路がほの白く照らされて、そのぶん、車内の暗さがひときわ増した。

「ねえ、クロちゃん……わたしって、なんでこう、うまくいかないんだろうね」

三人の夫との離婚の経緯は、すべてクロに話してきた。

最初の夫は不倫相手のもとへ走った。

二度目の夫は酒乱でギャンブル好きで、ちっとも働かなかった。

三度目の夫は、前妻をガンで亡くした子連れだった。実直で平凡なサラリーマンだったが、実直で平凡すぎて、たえ子になつかない子どもをとりなすこともできず、最後は「子どもの気持ちを思って」という理由で家を出ていった。

「笑っちゃうよ、こないだね、友だちが、前世の祟《たた》りで男運が悪いんだって……一回、霊能者に見てもらったら、って……いい先生知ってるから紹介しようか、って……バーカ、っての」

すれ違う車はほとんどない。

気温が下がってきたのか、フロントガラスが白く曇ってきた。

エアコンのスイッチはすぐにわかったが、いくら押しても吹き出し口は静かなままだ。

「あれ？　あれ？　なんで？」と困惑しているうちに、リアウインドウやサイドウインドウまでうっすらと曇ってきた。

まあいいや、なんとかなるか、とそのまま車を走らせた。

「クロちゃんはどうだった？　レンタル猫の人生。楽しかった？　それとも、やっぱり、嫌だった？」

なにげなく訊いて、ふと、気づいた。

助手席にいるはずのクロの気配が消えていた。

右手を伸ばして助手席を探ったら、なにも手に触らなかった。

「あれ？　クロちゃん、後ろ？　いつ動いたの？　暗かったからわかんなかったよ」

後ろを振り向いて確かめたかったが、林道は川に沿って急なカーブのつづく区間にさしかかり、フロントガラスはあいかわらず曇ったままで、慣れない左ハンドル車ではルームミラーに目をやる余裕さえなかった。

「クロちゃん、クロちゃん？　もしかして、寝ちゃった？」

返事はない。

後ろで動く気配も感じられない。

「……寝ちゃったのか」

バスケットに入れてやったほうがいいだろうかとスピードをゆるめたとき、路肩に旅館の看板が掛かっているのが見えた。あと二キロ——だった。

「じゃあ、もう、このまま旅館までまっすぐ行っちゃいますか」

たえ子はアクセルをまた踏み込んだ。

ヘッドライトの光が少し弱くなった。

川霧がたちこめているのだった。


旅館の玄関前に車を停めると、到着を待ちかまえていたようにハッピを羽織った老人が中から出てきた。

運転席の窓を開けて、たえ子は名前を告げる。「猫も一緒に泊まりますので、よろしく」と言い添えると、老人は愛想良く笑って「はい、存じております」と応え、そんなことより、というふうに顔をさらにほころばせた。

「お連れの皆さん、もうお着きですよ」

「はあ？」

「お車はここに停めておいてもらって、けっこうですから」

老人はそう言って、玄関の奥に姿を消した。

たえ子の怪訝《けげん》な顔は、苦笑いに変わった。シートベルトをはずし、リアシートを振り向いて、クロに声をかけた。

「まいっちゃうね、他のお客さんと勘違いされちゃってるよ、わたしたち――」

息を呑んだ。

クロが、いない。

ルームライトを点けても、シートにクロの姿はない。

あわてて車から降りた。

後ろのドアを開けて、シートの足元や運転席と助手席の下を覗き込んだが、クロはどこにもいなかった。

助手席のほうに回り込んで、ドアを開けた。指先が震え、口や顎がわなないた。

「クロ？　クロちゃん？　どこ？」

助手席の足元にも、クロはいなかった。かがみ込んで手で暗がりを払っても、なにも触れない。

落ち着いて、落ち着いて……と自分に言い聞かせて体を起こした。

旅館から、団体客なのか、にぎやかな笑い声が聞こえた。

聞き覚えのある声ばかり――だった。

3

どんなに探してもクロは見つからなかった。

途中で車から落とした――いくらなんでも、それはないはずだ。

先に車から降りた――こっちのほうが、もっとありえない。

途方に暮れるたえ子の胸を、旅館から漏れ聞こえる団体客の笑い声がさらに波立たせる。

聞き覚えのある声ばかりだった。一人、二人、三人、四人……間違いない、どの声も耳に馴染んでいる。声の主の顔も浮かぶ。みんな笑っていて、みんな、幸せそうだった。

ここにいるはずのないひとたち、なのだ。

たえ子は首を振った。左右に、激しく、何度も。

あたりを包む霧は、いっそう濃くなった。息を吸うと、ほの白く湿った霧がそのまま胸に流れ込んでくる。息苦しい。喉の奥に湿り気がからみつく。

旅館から聞こえる声に、子どもの声が交じった。男の子だ。

「たーおばちゃん」――男の子に呼ばれた。

空耳ではない。男の子の声は、確かにたえ子を呼んでいた。くっきりとした声だった。くっきりとしすぎる声、でもあった。

「たーおばちゃん、遅いね、なにやってるんだろ」

男の子が言う。

「もうすぐ来るさ」おとなの男のひとが応えた。「ちょっと遅れてるだけなんだから」

たえ子は顔をゆがめる。

男の子は、専務の息子の太郎だった。いまハタチ過ぎのはずの太郎が、小学校に上がるか上がらないかの頃の声で、旅館の中にいる。

太郎に応えたのは、父親――専務。こちらは、いまの、四十代半ばの声だった。

「たーおばちゃん、早く来ないかなあ……」

太郎の声に導かれるように、たえ子はふらふらと歩きだした。

旅館の中に入った。

さっき出迎えたハッピ姿の老人が、愛想良く笑いながら、さあこっちへどうぞ、と廊下の突き当たりの襖を指し示した。

「……猫がいないんです」

「はい、万事心得ております」

「いなくなっちゃったんです、猫が。ついさっきまで車に乗ってたのに、どこか行っちゃったんですよ」

「ええ、ええ、存じております」

「ねえ……なんなの、これ。ここ、どこなのよ」

「皆さま、お待ちかねです」

「ちょっと！」

「皆さま、ずうっと、たえ子さんのことをお待ちだったんですよ」

老人はあらためて、さあどうぞ、と廊下の突き当たりを手のひらで示した。

長い廊下だった。黒光りする板張り――外の霧がどこからか流れ込んでいた。

靴をいつ脱いだのかの記憶もなく、たえ子は廊下を進む。

襖が開いた。

「たーおばちゃん！」

太郎が顔を出した。顔をくしゃくしゃにして笑って、早く早く、と手招いた。

その後ろに、古稀《こき》を迎えた社長がいる。

「たえ子さん、遅かったなあ。みんな待ちくたびれちゃったぞ」

社長は、いまの姿。

横から奥さんも顔を出す。「たえちゃんがあんまり遅いから、事故にでも遭ったんじゃないかって心配してたのよ」――二十年以上前、先代社長の奥さんと折り合いが悪くて、しょっちゅうたえ子に愚痴をこぼしていた頃の顔だった。

足がすくむ。

けれど、体は前に進みつづける。

霧がひときわ濃くなった。

ふわっ、と体が浮き上がったような気がした。

広間には会社のひとたちが顔を揃えていた。昨日まで机を並べていた同僚もいれば、もう何年も前に定年退職したひともいる。歳はばらばらだった。若い頃の姿かたちで酒を飲んでいるひと、いまのままの顔で刺身に箸を伸ばすひと、ひさしぶりに「ああ、このひとは昔はこんな髪形だったんだな」と思いだすひともいたし、つい「伝票早く出してちょうだいよ、いつも出すの遅いんだから」と小言をぶつけたくなるほど身近ないでたちのひともいた。

誰もが笑っている。

会社の命綱ともいえる運転資金を横領したたえ子を、屈託のない笑顔で包み込む。

事件をまだ知らないんだろうか……。

たえ子はふと思い、いや、そんな問題じゃないんだってば、と目を強く瞬いた。

幻——それはもう、決まっている。

夢を見ている、としか考えられない。

だが、広間に揃ったひとたちの姿や声は、夢とは思えないほど生々しい。コンロにかかった鍋からは味噌の香りも漂ってくるし、勧められるまま一口啜った熱燗《あつかん》の日本酒は、ちゃんとお酒の味をしていた。

「たーおばちゃん」

太郎が甘えてまとわりつく。

「たーおばちゃん、なんで泣いてるの?」

「……泣いてなんかないわよ、ほら、涙、出てないでしょう？」

「涙は出てないけど、泣いてるよ、おばちゃん……ねえ、たーおばちゃんって、いま、泣いてるよねえ」

声をかけられたまわりのひとたちも、一斉にうなずいた。

そんなはずはない。

そんなはずはない……のに。

「たーおばちゃん、泣くのやめてよ」

太郎は背中に抱きついて「ね？　泣かないでよ、もう」と言った。

声が背中から胸に染みる。

キンキンと甲高いのに、やわらかくて、円い。そうだ、男の子の声ってこんなふうだったんだよね、と思いだした。

太郎はたえ子の膝の上にちょこんと座った。

「太郎、やめなさい、お行儀悪いわよ」と、母親――専務の奥さんが笑いながらたしなめる。

専務もお猪口を口に運びながら「すみません、ほんと、こいつ、甘えん坊なんで」と苦笑する。

「あーっ、パパ、『こいつ』って言っちゃいけないんだよ」

「うるさいなあ、屁理屈ばっかり言って」

「屁理屈じゃないもん、ほんとのことだもーん。ね？　たーおばちゃん」

そうだね、と太郎の頭を撫でてやった。

太郎はくすぐったそうに肩をすくめ、たえ子を見上げて、「もう泣かないで」と言った。

「……ほんとに泣いてる?」

「うん、泣いてる。すごく悲しそう」

「悲しくなんかないわよ、みんなに会えて、懐かしくて、嬉しいんだから」

話を合わせたわけではなく、ごく自然に、なめらかに言葉が出た。

太郎も「そう?」と嬉しそうに応えた。

まわりのひとたちの笑顔もいっそう深くなった。

たえ子は、太郎を膝に乗せた窮屈な姿勢のまま、日本酒を啜った。

胸の奥がほんのりと温もってくる。

「ねえ、たーおばちゃん、泣かないで」

「……泣いてるの? わたし、ほんとに」

「泣いてるよお、おばちゃん、なにが悲しいの? 悲しいこと、なにかあったの?」

太郎はそう言って、膝の上で体をよじってたえ子を振り向き、顎に手を伸ばした。

「泣かないで」

顎をそっと撫でる。まるで伝い落ちる涙を拭い取るように。

「たーおばちゃん、もう泣かないで。たーおばちゃんが泣いてると、ぼくまで泣いちゃいそうになるから」

声が悲しそうな響きになった。

そして、太郎は、たえ子の顎を撫でながらつづけた。

「ぼくたち、おばちゃんのこと、ちっとも怒ってないよ」

広間に霧が流れ込む。

膝に乗る太郎の体から重みが消えていく。

たえ子を取り囲む会社のひとたちの笑顔が、ほの白い霧に溶けかかる。

「おばちゃん、泣かないで」

太郎の声が、頭上の、ずっと遠くから聞こえた。

カサッ、と乾いた感触が膝に宿る。

霧の淀みが太郎を包み込み、それが晴れたとき——膝の上には、小さなしゃれこうべが載っていた。

たえ子は息を呑む。

喉の奥で、ひっ、と声が裏返る。

「たえ子さん」

専務が言う。「たえちゃん」と社長の奥さんがつづける。二人の顔を隠していた霧が晴れると、旅館の浴衣と丹前を着た骸骨が、こっちを見ていた。

誰もが、骨になっていた。

みんな、たえ子を見ていた。

「どうして?」と誰かが言った。

「わたしたち、みんな仲良しだったのに、どうして?」と別の誰かが言った。

ひっ、ひっ、とたえ子は喉の奥で悲鳴をあげる。

「でも、怒ってないよ」膝の上のしゃれこうべが言う。「ぼくたち、誰も、たーおばちゃんのこと、怒ってなんかないよ」

払いのけたいのに、手が動かない。

走って逃げ出したいのに、腰が抜けて立ち上がれない。

「たーおばちゃん、泣かないで」

「たえ子さん、あなたは泣かなくてもいいんだ」

「そうよ、たえちゃん、あなたはいままでたくさん泣いてきたんだから、もういいのよ、これ以上泣かなくても」

「たーおばちゃん、笑ってよ」

「そうだ、たえ子さん、あなたはいつも笑ってたじゃないか」

「たえちゃん、もう泣くのやめて」

霧がたちこめる。

たえ子も霧に包み込まれる。

白い霧が幕のように視界をふさぎかけるなか、骸骨が、一体また一体と崩れ落ちていく。

膝の上のしゃれこうべも、下顎からぼろぼろと形を失っていく。

たえ子は、しゃれこうべを抱いた。

崩れ落ちる寸前に、確かに、なつかしいひとのなつかしい感触を手のひらに宿した。

霧がすべてを消す。

すべてが霧に溶けてしまう。

遠くで、猫が鳴く。

「ふしあわせ」という名の猫が、霧の向こうのうんと遠くから、ゆっくりと、ゆっくりと、近づいてくる。


露天風呂にいた。

岩づくりの湯船に浸かっていた。

クロは、目隠しを兼ねた屏風のような大きな岩のてっぺんで背中を丸めている。

ぴちゃん、とお湯を軽くはじいて、水音が耳に届くのを確かめた。

ふーう、と深い息をついた。

お湯の中の自分の手をさすって、途中で一度つねってみて、現実の世界に戻ったことをあらためて確認すると、急に悲しくなってきた。

「クロちゃん……」屏風の岩を見上げた。「あんた、なんであんな意地悪なことしたの?」

クロは聞こえなかったふりをして、そっぽを向いたままだった。

「いつから化け猫になっちゃったの?」

年老いて死を間近に迎えた猫は、魔力というか呪力というか、不思議な力を持つ——子ども向けのオカルト雑誌でおなじみの与太話を、いまは素直に受け容れられる。

「クロちゃん、わたしのこと怒ってるから、あんなもの見せたんでしょ」

ひどいね、とクロをにらんだ。

それとも——と、心の中でつづけた。

わたしを許してやろうと思ったから、あんなものを見せてくれたわけ？

クロはなにも答えない。

夜の闇よりも深い黒い体を、もぞもぞと伸ばして、岩の上に腹這いになった。

「もうおしまいなの？」

悪夢を見た、とは思わなかった。

「ねえ、もう、あんたの魔法は使えないの？」

太郎をもう一度膝に抱き取って、今度はしっかり抱っこしてやりたい、とも思う。

「クロちゃん、返事してよ。友だちでしょ？　長い付き合いじゃない」

もしも会社のひとたちに再び会えたら、さっき言えなかった言葉を伝えたかった。

たぶん、泣きじゃくりながらの言葉になるだろう。

さっきは泣いていないのに泣いていると言われた。じゃあ、今度は……「たーおばちゃん、笑ってるね」と太郎は言うだろうか。それを嬉しそうに言ってくれるだろうか。

クロが起き上がる。

ひょい、とジャンプをして、隣の岩に移った。夜の闇よりも、背景にした森の闇のほうが深い。

そして、それよりもさらにクロの体の闇のほうが深い。

レモンイエローにほんのわずか青みを足したクロの目が、闇に浮かぶ。

「ふしあわせ」が、たえ子を見つめる。

たえ子も目をそらさない。

「いいひとたちばっかりだったのよ、ほんと、みんな、いいひとだった……」

困らせてやりたい相手なら、他にいくらでもいた。仕返しをしたい相手は、会社の中には誰一人としていなかった。

「なんでだろうね、なんで……なんで、あんなことしちゃったんだろう……」

反省や後悔という言葉ではまとめられない、胸の奥を絞られるような思いが、ある。

「クロちゃん、あんた、もうわかってるんでしょ?」

クロは黙って、たえ子をじっと見つめる。

「友だちだもんね、わたしたち」

クロはなにも応えない。

たえ子はゆっくりと立ち上がった。

お湯の中から出た裸体の、へその少し上に一筋の傷跡があった。

「ガンなんだってさ、わたし」

ふふっ、とたえ子は笑う。

「もう、末期で、おなかを開いたけど、なにもできなかった、って……」

クロは初めて、にゃあ、と鳴いた。

4

肌寒さに目を覚まし、ラタンのテーブルセットの置かれた板の間に出て窓を開けると、中庭にたちこめていた冷たい霧が流れ込んできた。

東京よりも長い夜は、まだしばらく明けそうにない。苔のにおいがする。こんなに山深く緑の濃いところに暮らしたことなど一度もなかったのに、むしょうになつかしいにおいだった。

たえ子は椅子に腰かけ、ゆうべ飲みかけのまま放っておいたグラスのビールを一口啜った。ビールの気はすっかり抜けていたが、かえって喉に優しく、なめらかに流れ落ちてくれた。

部屋の暗闇が、すっ、と動いた。床の間の上のバスケットで眠っていたクロが起き出したのだった。

クロは足音もなく部屋を横切って、板の間に出てきた。「おはよう」とたえ子が声をかけると、黙って、向かい側の椅子に乗る――「ふしあわせ」が、また、そばに来た。

「まだ四時だよ。あんたも年寄りになって、早起きになっちゃったの?」

ひと声かけて、「あ、でも、猫って、もともと夜行性なんだっけ、違ったっけ」とつぶやいた。

クロは返事の代わりに、ひょい、と椅子から下りて、庭に出た。二、三歩のうちにクロの背中は闇に紛れてしまう。夜中に狩りをするのが猫のまっとうな習性だとすれば、黒猫は最も有能なハンターとしての資格を持っているのかもしれない。

窓を開け放したまましばらく待っていたが、クロは戻って来なかった。たえ子は浴衣の襟を掻き合わせ、板張りの床に直接つけていた足の裏を浮かせた。丹前やソックスを取りに立ち上がるのが面倒で、といって、このまま外の冷たい霧にあたっていると風邪をひいてしまいそうだった。

「クロちゃん、もう一回寝ようよ。ねえ、クロちゃん、寒いから閉めちゃうよ、いいの?」

庭はしんと静まり返ったままで、クロはどこにいるのか、気配すら感じられない。

しかたなく、丹前ぐらい羽織ろうかと部屋を振り返った。

そこは――部屋ではなかった。

霧の湖になっていた。

布団のあった場所に、少女が座っている。

おかっぱ頭に肩紐付きのスカートを穿《は》いた、まだ小学生の少女だった。

なにがいけなかったんだろうね、と少女が言う。あなたの人生、どこでこんなに「ふしあわせ」になっちゃったんだろう。

たえ子は苦笑する。そういう言い方って、ちょっとずるいんじゃない? と目で伝えると、少女は、えへっ、と肩をすくめた。

誰に会いたい?

少女が訊いた。誰にでも会わせてあげるよ、といたずらっぽい目でたえ子を見た。

何人かの顔が浮かんだが、どの顔もしばらく漂ったあと、シャボン玉がはじけるように消えた。残ったのは、霧の中に浮かぶ少女――いちばんなつかしいひとの笑顔だけだった。

怒ってるの？　とたえ子は訊いた。こんな人生歩んじゃって、って恨んでる？

少女は、あきれてるけど、と言った。でも、恨んでなんかないよ。

一所懸命がんばったんだけどね……なんでだろう、ほんとうに、なにやってもうまくいかなくて……嫌いなひとや厭なことをするひと、うんざりするぐらい、たくさんいた。いちいち言わなくても、わかるよね、あなたには。

少女は黙ってうなずいた。

初めてなんだ、とたえ子はつづける。初めて誰かを裏切ったり、傷つけたり、つらい思いをさせてやろうと思ったんだ……。

末期ガンの告知を受けたとき、死ぬことは不思議と怖くなかった。おとなたちが口をきわめて非難する、いまどきの若い子たちのように、ゲームオーバー――「わたしの人生」という長かったドラマがもうすぐ終わるんだな、としか思わなかった。

ハッピーエンドにはなれそうもない。最後のどんでん返しも、期待していない。なのに、自分がいなくなったあと、なにひとつ、この世の中に遺すものがないんだと気づいたとき、急に悲しくなった。

「ふしあわせ」の坂道を滑り落ちていくだけだった人生に、爪を立てたくなった。ささやかな、それこそ猫のひっかき傷のようなものでいいから、なにかを遺して、逝きたかった。

なぜ――？

少女が訊く。

なぜ、あのひとたちを選んだの――？

きょとんとした顔で、訊いてくる。

あんなに優しかったひとたちを、なぜ、あなたは裏切ったの――？

「『あなた』って呼ばないで！」

たえ子は金切り声をあげた。

声は霧に吸い込まれて、耳の中に水が入ってしまったときのように、遠くから、くぐもって聞こえるだけだった。

少女はつづける。

あなたが傷つけても許される相手は、他に何人もいたのに、どうして、あのひとたちだったの――？

責めるのでも咎めるのでもなく、淡々と、静かに、ただ、訊いてくる。

あなたがいちばん傷つけたくないひとたちを、どうして傷つけたの――？

「『あなた』じゃない！」

たえ子はまた叫んだ。テーブルの上のグラスをつかんで、少女に投げつけようとした。だが、声はさっきと同じように霧に吸い込まれ、グラスを鷲摑《わしづか》みにしたはずの手のひらは、何にも触れることなく、力ない握り拳に変わってしまう。

少女は言った。

あなたは、いったいどこに爪を立てたかったの——？

答えを求めて問う口調ではなかった。幼い子どもを諭し、口ごもる沈黙の重みを嚙みしめさせるように、少女は訊いたのだった。

たえ子は少女を見つめ返した。

じっと。強く。

少女は、くすっと笑って、さっきの言葉を「正しく」言い直した。

わたしは、いったいどこに爪を立てたかったの——？


川沿いの林道から国道に戻る途中、急なカーブを抜けると、待ち伏せしていたみたいに、初夏の陽光が照りつけた。

「今日、けっこう暑くなるんだって」

助手席のクロは、あ、そう、と気のない相槌を打った——ように見えた。

「海に行くと日に焼けちゃうかもよ」

体毛で覆われた猫も日焼けするのだろうか。黒い毛は、こういう日にはつらいだろうな、とも思った。

国道に出た車は、北を目指してスピードを上げた。今夜は日本海に突き出た岬の旅館を予約している。二泊三日の旅は後半に入った。そして、たえ子が決断しなければならない瞬間が、刻一刻と近づいてくる。

「ねえ、あんたの魔法って、あと何度使えるの？」

クロは小さく伸びをして、また背中を丸めた。

二度の幻で、会いたかったひとたちに会えた。再び会うことはかなわないと思っていたひとたちばかりだった。

「社長さんたち、いまごろ、どうしてるだろうね。まだ口座のことには気づいてないのかな。気づいて、パニックになって、わたしのこと探してるのかな」

いいひとたちだったのだ、ほんとうに。

少女が——かつてのたえ子が言ったように、あのひとたちを傷つけなければいけない理由など、どこにもなかったのだ。

「うまく言えないんだけどさ……あんたならわかるんじゃない？」

猫だから。

飼い主に忠誠を誓う犬ではなく、軽やかに、気まぐれに、いつもマイペースで生きているのが猫だから。

クロは、ごろごろと喉を鳴らした。たえ子の言葉に納得しているような。逆に、はなから相手にしていないような。

車は長いトンネルを抜けた。トンネルの真ん中あたりに分水嶺の看板が見えた。ここから先は、下り坂がつづく。日本海までは、あと百キロほどだ。

「クロちゃんと、いろんなところドライブしたよねえ。どこに行ったか、細かいこと忘れちゃうぐらい行ったよね」

ホテルにチェックインして部屋に入るなり、ベッドに突っ伏して泣いたこともある。まだ携帯電話がすぐに「圏外」になっていた頃、車を走らせるより電話ボックスで話をしている時間のほうが長かったドライブもあった。したたか酔って荒れた夜もある。行きずりの男を誘い込んじゃおうかと笑って、結局、声をかける勇気がなくて独り寝をした夜もある。高原の牧場に車を停め、窓をすべて開け放して、ただひたすら昼寝をするだけのこともあったし、日がな一日、川の流れを眺めるだけのこともあった。

いつも、助手席にはクロがいた。

たいして愛想もなく、といって車から降りたいとむずかりもせず、「ふしあわせ」はいつもたえ子のそばにいた。

「今日で最後だよ」とたえ子は言った。

ハンドルを右に切り、センターラインをまたいで、カーブを抜けた。

向こうから来る車はなかった。

次のカーブでも同じようにしたが、今度もまた対向車線に車はなかった。

三つ目のカーブの手前で、ハンドルを左に戻した。

「……なーんてね」苦笑した。「ひとに迷惑かけちゃいけないよね」

ふーっ、とクロがうなった。

たえ子をにらんで、毛を波立たせていた。

怒っている——?

そう言われたってさあ、とたえ子は目をそらす。いいじゃない、あんただってもう長くないんだから……付き合ってよ。

ふーっ、ふーっ、ふーっ、とクロはうなり声をあげつづける。


海が見えた。

カーラジオが事件を伝えた。

たえ子のことは「経理を担当する女子社員」と紹介されていた。「なんらかの事情を知っているものと見て、現在所在がわからなくなっている女子社員の行方を追っています」——なんだかテレビの二時間サスペンスみたいだな、と思った。

コインパーキングが何日もタイムオーバーになったままの車が、やがて通報される。ナンバーから、たえ子が割り出される。周辺の聞き込み。レンタカーの貸し出しリストで、たえ子がメルセデス・ベンツを借りたことがわかる。

できれば、レンタカーではなく、ブランケット・キャッツの事務所のルートから、見つけてほしい。無意味なこだわりだとは思うけれど。

砂浜に着いた。夏の間は海水浴場としてにぎわう浜だったが、いまはまだ海の家のプレハブ小屋は建っていないし、散歩する人影も見あたらない。

静かな海だ。

たえ子は車を降りた。助手席のドアを開けると、クロも、よっこらしょ、というふうに外に出てきた。

陽射しの照り返しがまぶしい。つばの広い帽子とサングラスをどこかで買ってくればよかった。

「ねえ、クロちゃん。猫は泳ぐのって好きなんだっけ？」

毛が濡れるのは大嫌いだと、なにかの本に書いてあった。

「でも、メインクーンって、猫とアライグマの混血だっていう説もあるじゃない。アライグマって泳げるでしょ。違ったっけ？　どうだったっけ……」

一人でしゃべりながら、波打ち際へ向かう。

クロも珍しく――犬のように、たえ子の後ろをついてきた。

潮の香りを吸い込んで、ゆっくりと吐き出した。足を止めて、何度も繰り返した。胸の中の空気がすっかり入れ替わる。

深呼吸をしているうちに、クロはたえ子を追い越して、なおも波打ち際へ進んでいった。

打ち寄せる波にひるむ様子もたじろぐそぶりもなく、大柄な体を、ゆっさ、ゆっさ、と左右に振って、海へ近づいていく。

「クロちゃん」

クロはかまわず海へ向かう。

「クロちゃん、あのね、わたしね……ほんとは、今日、どこかで……」

息を呑んだ。

「死」という言葉が、喉元からみぞおちに転げ落ちていった。

クロが海に入った。

波をかぶった。

最初は濡れた砂に足を踏ん張っていたが、引く波にさらわれて、体がふわっと浮いた。

「クロちゃん、危ない！」

たえ子は駆けだして、靴を履いたまま、スカートの裾にもかまわず、海に入った。

クロは波打ち際から一メートルほどのところでもがいていた。

手を伸ばして捕まえようとしたら、そこにまた波が来て、クロの体をさらに沖へ運んでしまう。

「クロちゃん！」

一メートルが二メートルに、三メートルに……ずぶ濡れの黒い毛が体を重くしてしまったのか、クロは波間に見え隠れしながら、少しずつ沈んでいく。

たえ子は声にならない悲鳴をあげ、下半身を水に浸けたままクロを追いかけた。

腰、胸、肩、顎……足が着かなくなった。水を飲んだ。鼻の奥がツンとして、苦みと塩辛さの入り交じった痛みが目の裏に抜けた。

泳いだ。

懸命に手を伸ばした。

クロの毛が、指先に触れた。

波が襲う。

クロの体が遠ざかる。

たえ子はさらに手を伸ばす。

波が襲う。

ふぎゃあっ、とクロが鳴く。

波が襲う。

耳に入り込んだ水が鼓膜を叩く音は、誰かが、バカッ、バカッ、バカッ、と叱る声に似ていた。

なつかしい声だった。

あれはとうの昔に亡くなった母親の声だったのかもしれない——と思いあたったのは、ずっとあとになってからのことだ。


乾いた砂の上に身を横たえると、頬がぴりぴりと痺れた。

「……なにやってんのよ、あんた」

隣で寝そべるクロを軽くにらんだ。濡れた毛に砂をびっしり貼りつかせたクロは、おぼれかけたことなど忘れてしまったみたいに、砂にめりこんだ木切れの端をつついている。

「なんか、あんた、天ぷらとかフライのさあ、粉をつけてるときみたいだよ」

笑いたくて言ったのに、クロを見ていると涙が勝手に流れた。

さっき言いかけて呑み込んだ言葉は、腹の底に沈んでしまったのか、波に揉まれているうちに粉々に砕けてしまったのか、もう、どこにあるのかわからない。

「いまのが……最後の魔法？」

クロは返事をしない。

まあいいや、とたえ子も仰向けになって、青い空を見上げた。

「クロちゃん」

波の音がしだいに遠くなる。瞼《まぶた》が重い。眠気がたえ子を包み込む。

「クロちゃん……また、ドライブ行こう。迎えに行くから、ドライブしようよ。何年たてば迎えに行けるかわからないけど……あんた、もうちょっと長生きしてよ……」

おなかの手術の痕を軽くさすって、「ガンちゃん」と言った。苦笑いが、浮かんで、ぽとん、と落ちた。

「ガンちゃんもまたドライブ行きたいでしょ。だったら、わたしと仲良くしよう。わたしが死んだら、あんたも、どこにも行けなくなっちゃうんだよ」

遠くで、車の音が聞こえた。ブレーキ。ドアを開け閉めする音。寝ころんだまま目を開けると、パトカーがベンツの前に停まっていた。制服姿の警官がベンツのナンバープレートを覗き込み、無線のマイクを口にあてたところだった。

たえ子は目を軽くつぶる。

「クロちゃん、ドライブ、また行こうね……」

クロは体を起こし、たえ子のすぐ隣に来た。寄り添って、横になった。

たえ子は目を閉じたまま、クロの背中に手をやった。「ふしあわせ」を撫でた。陽を浴びた睫《まつ》毛《げ》が七色に光りながら小刻みに揺れるのが、瞼の隙間から見えた。

尻尾のないブランケット・キャット

1

来客用のソファーに座ってファイルをめくっていた少年の手が、止まった。ねえ、これ……と、隣に座った父親の肘をつつく。

「どうした？　気に入ったの、いたか？」

「うん……まあ……」

「どれだ？」

父親はファイルを覗き込んだ。少年は無遠慮に迫ってくる父親の頭をかわすように身を退き、ページの下のほうにある写真を指さして、「マンクスっていうんだって」と言った。

「そんな猫、聞いたことないな」

「……ぼくも」

「マンクスなあ。なんか、見た目、バランスが変じゃないか？」

父親は首をかしげ、カウンター越しに店長に「こういうものなの？　マンクスってのは」と訊いた。

「ええ」店長はそっけなくうなずいた。「こういうもの、なんです」

マンクス——イングランドのマン島が原産の短毛種。別名、ラビットキャット。

写真に添えられた短い解説文を読んだ少年は、「なんでラビットなんですか？」と店長に訊いた。

「ウサギみたいに跳ぶんだよ」

店長は、さっきの答え方とは一転して、愛想良く返した。

「猫なのに？」

「そう。写真をよく見ればわかると思うけど、後ろ肢が前肢に比べて極端に長いんだ。だから、歩くときもぴょんぴょん跳ねるような格好になって、ウサギそっくりなんだよ」

へえーっ、と少年は目を丸くした。

「それに」店長は笑って言う。「尻尾《しっぽ》がないだろ、写真の猫。それがマンクスの特徴なんだ」

「……ほんとだ、尻尾、ないです」

「マンクスは尻尾の長さで呼び方が変わるんだ。尻尾が完全にないランピーから始まって、長くなるにつれて、ランピーライザー、スタンピー、ロンギーになるんだけど、尻尾は短いほど価値があるって言われてて、ウチのブランケット・キャットは、その、ランピーなんだ」

自慢げな店長の言葉に、父親はあきれたように笑って話に割って入った。

「要するに、そういうのって、一種の奇形なんだろ？　奇形のほうが価値があるんだ、そうだよな？　人間ってのは残酷なものだよなあ。自分の愉しみのために、こんな、尻尾のない猫までつくっちゃうんだから」

「違いますよ。マンクスは突然変異で発生した種だと言われてます」

店長はぴしゃりと言った。

父親は鼻白んで、「まあ、どうでもいいけど」と煙草をくわえた。「コウジ、早く決めちゃえよ、マンクスってのでいいか？」

「うん……でも、もうちょっと待ってて」

少年はファイルの次のページを開いた。

父親はまたファイルを横から覗き込んで、「ほんと、いろんなのがいるんだな、たかが猫なのに」と笑う。吐き出した煙草の煙が少年の鼻先をかすめる。少年は息を詰め、形だけの笑いを返して、ページを戻した。

「やっぱり、マンクスがいい、ぼく」

父親は「よし、わかった。決まりだな、決まり」とくわえ煙草でうなずいて席を立ち、カウンターに向かった。

「尻尾のない猫なんて、ちょっと不気味だけど、息子が気に入っちゃったからな、それにするよ。

二泊三日でいくらだったっけ？」

さっそくジャケットのポケットから財布を出しかけた父親に、店長はにこりともせずに言った。

「ひとつ、おうかがいしていいですか」

「うん？」

「息子さん、おいくつですか」

「中一だけど」

「息子さんがレンタルされるんですか」

「ああ、金はもちろん俺が払うけどな。あと、保証人とかが要るんだったら、俺でいいだろ。親だし、まっとうな社会人だし」

なるほどね、と店長はうなずいた。

なるほどねえ、と今度はため息交じりにもう一度うなずいて、父親を見た。

「申し訳ないんですが、未成年のお客さまに猫をレンタルすることはできないんです」

父親は「ちょっと待ってくれよ」と気色ばんでカウンターに身を乗り出した。「そんなのだったら最初に言えよ」

店長は、表情を変えずに「ホームページをご覧になっていらっしゃったんですよね」と言った。「注意事項に書いてあったと思うんですが……」

父親はカッとして、「そんなのいちいち見てるわけないだろ！」と声を荒らげた。「店に入ってきたときに言えばよかったんだ、違うのか！」

店長は肩をすくめ、目を伏せて、父親の怒声をやり過ごした。

少年もソファーに座って、同じように身を縮め、うつむいていた。

それを上目づかいに確かめて、店長はまた父親に向き直った。

「未成年の方がお借り上げになるときは、一応、保護者の名義でお願いしているんです」

「だったら俺の名前でいい、俺が借りるってことでいいんだな？　なにか書かなきゃいけないのか？　すぐに書くから、早く出してくれ」

レンタルの申込書を書類ケースから出した店長は、ふう、と息をついて、申込書をケースに戻した。

「申し訳ありません、やっぱりお貸しするわけにはいきません。他をあたっていただけますか」

「……どういうことだ」

父親は店長をにらみつけた。決して強面のする風貌ではない。休日の服よりスーツのほうが遥かに似合いそうな――買い物や食事に出かけたとき店員にやたらといばりちらすひとに、そういうタイプが多い。

「マンクスは愛情深くて、デリケートな性格なんです。自分のことをかわいがってくれる飼い主かどうか、敏感に見分けます。ですから、ちゃんとかわいがっていただかないと……」

「だいじょうぶだ」

「お子さんに猫をお貸しするときには、親御さんも一緒にかわいがってくださることが大前提なんです。そうしないと、猫の世話がお子さんの手に余ったときに困りますから」

「かわいがるって言ってるだろう。信じないのか、客の言うことを」

「そういうわけじゃありませんが……」

「おたくも商売だろう？　客が借りたいって言ってるんだったら、貸せばいいじゃないか」

気が短い。

自分の思いどおりに事が進まないと、露骨に嫌な顔をする。

「猫をお飼いになったことは、ありますか？」

「ないよ、そんなの。でも、だいじょうぶだ、たかが三日間なんだから」

自信がある。

根拠は、たいしてない。

猫の飼い主には――「たかが」三日間だからこそ、よけいに、向かないタイプ。

やれやれ、と店長は父親から目をそらし、少年の様子をうかがった。

目が合った。

少年は、さっきと変わらず身を縮めて父親と店長のやり取りを見つめていた。まるで自分が叱られているみたいに。そして、父親の横柄な態度に居たたまれなさそうに。

「マンクス、気に入ったの？」と店長は少年に訊いた。

少年は黙ってうなずいた。

「じゃあ、特別だ、君の名前でレンタルすればいい」

「……いいんですか？」

「ああ、三日間だけでも、思いっきりかわいがってやってくれよ」

書類ケースからあらためて申込書を取り出して、こっちにおいで、と手招いた。

無視された父親は鼻白んで、「いいかげんなもんだな」とソファーに戻った。煙草の灰を捨てようとして、灰皿がないことに気づき、舌打ち交じりに立ち上がる。

「コウジ、お父さん外で待ってるから、早く書いて、早く借りてこいよ」

店の外に出た。

あとには、父親が撒き散らしたいらだたしさだけが残った。

申込書に住所を書きながら、少年は細い声で「ごめんなさい」と言った。「お父さん、気が短いから」

店長は苦笑して、「コウジくんが謝ることないよ」と言った。

「……さっき、むかついてたでしょ」

「さっき、って？」

「マンクスのこと、お父さんが『こういうものなの？』って言ったとき」

店長はまた笑った。「そんなの気にしなかったよ」と言って、「もともと、おじさん、あんまり愛想がいいほうじゃないから」と付け加える。

少年もそれでやっと頬をゆるめた。父親とはあまり似ていない、目の大きな顔立ちだった。線は細いが、いかにも先生から好かれそうで、同級生の女子にも人気がありそうで……なんとなく、母親はこの子にべったりでダンナにはかまわないんだろうな、と思わせるような雰囲気もあった。

「猫、好きなのか？」

「動物は、みんな好きです。なんか、ちっちゃくて、抱いてあげたくなるのが、よくて」

「マンクスのどこが気に入った？」

「最初は直感だったけど、猫なのにウサギみたいに跳ぶところとか、尻尾がないところとか、珍しくて、なんか、いいかな、って」

「なんでマンクスに尻尾がないのか、教えてやろうか」

「理由あるんですか？」

少年は顔を上げて、目を見開いた。驚いたときに目を真ん丸にするのが癖なのだろう。

「伝説だけど、マンクスって、ノアの方舟《はこぶね》に最後に乗った動物なんだ。ノアの方舟って知ってるかな」

「……洪水の、ですか」

「そうだ。マンクスは方舟に最後に飛び乗ったんだけど、ちょうど方舟の扉が閉まるところだったから、尻尾を挟まれて、ちぎれたんだよ」

少年は目をさらに大きく見開いて、「すごい！」と声をはずませた。「運がいいんだ、マンクスって」

「そうか？　だって、尻尾がちぎれちゃったんだぞ。かわいそうな猫だろ」

「でも、方舟に乗れなかったら、洪水で死んでたわけでしょ。一瞬遅れたらアウトだったんだから、ぎりぎり間に合って、すごいラッキーっていうか、運がよかったんでしょ？」

店長は「なるほどぉ……」と大きくうなずいた。「コウジくんって、前向きな発想をする子なんだな」

少年は、えへへっ、とはにかんだ。


少年が車のリアシートに座ると、父親はサイドブレーキを解除しながら、「でたらめな店だったなあ……」と、まだ腹立ちのおさまらない声で言った。「あのままレンタルできませんってことになったら、お父さん、本気で怒ってたぞ」

少年は黙って、膝に載せたバスケットを両手で抱えた。バスケットの中には、毛布にくるまったマンクスがいる。少しだけ蓋を開け、黒い背中をそっと指で撫でて、「コ、ウ、ジ」と口を動かした。

「あの店長、コウジとしゃべるときの口のきき方もひどかっただろう。馴れ馴れしいんだ、子どもだと思ってなめてるんだよな。お父さん、そういうの、大っ嫌いなんだ」

ルームミラーでこっちを見ているのがわかったので、少年は少し笑った。

「コウジはひとがいいから気にしないかもしれないけど、あの態度はないよな、お客さんに対して」

ひとがいい——のところで、少年の笑みはしぼんだ。

「なあ、コウジ」

「なに？」

「学校、おもしろいか？」

「うん……まあ、ふつうだけど」

「いじめられたりしてないか？　だいじょうぶか？　もしもだぞ、ほんと、もしもの話だけど、なにかあったら、絶対にお父さんかお母さんに言うんだぞ」

「だいじょうぶだよ」

「でも、おまえ、いきなりこんな、猫をレンタルしたいなんて言いだすから……なにかあったんじゃないかって、お母さんも心配してたんだぞ。ほんとにだいじょうぶか？　なにもないんだな？　だいじょうぶなんだな？」

「なにもないってば」

「だったらいいけど……ほら、いじめに遭ってるのを誰にも言わずに、一人で悩んで死んじゃう子どもっているだろ。そういうのは、絶対にだめだからな。ちょっとしたことでも、とにかく困ったら、お父さんに言うんだ。相談しろ。お父さん、なにがあってもおまえを守ってやるから、いじめてる奴らはぶっ殺してやってもいいし、学校と喧嘩したっていいんだ」

父親は力んで言って、「ほんとだぞ」と念を押した。「お父さん、怒るとほんとに怖いんだからな。そこいらの腰抜けの親父と一緒にするなよ」

少年は「わかってるってば」と笑った。

父親の言葉が嘘や見栄や強がりではないことは、少年も知っている。いままでもそうだった。小学四年生のとき、いじめにも至らないちょっとした小突き合いで少年が鼻血を出したら、父親は相手の子の家に怒鳴り込んで、向こうの母親に土下座をさせた。六年生の担任の教師が、数人の仲間で同じいたずらをしたのに少年だけきつく叱ったときには、教頭や校長を巻き込んだすえに、教育委員会に手紙まで書いた。

コウジのことになると、見境つかなくなっちゃうからなあ、俺も——。

いつか、父親は母親にそう言っていた。少年はリビングルームの外の廊下で立ち聞きした。父親の声は、自分で自分にあきれているようにも、自画自賛しているようにも聞こえた。

車は、多摩川の橋を渡って、少年の街に入った。脇道から出てきた車が行く手をふさいだ。車間距離が一気に詰まる。父親はいまいましげに減速して、「だから土日はだめなんだ、下手くそがとろとろ走るから」と毒づいた。

少年はバスケットの蓋をまた開けて、マンクスの背中を撫でた。

「コ、ウ、ジ……」

「うん？　なにか言ったか？」

「……なんでもない」

少年がマンクスに付けた名前は、コウジ——自分と同じ。ノアの方舟の話を聞いて、そう名付けようと決めた。ぎりぎりのところで洪水に呑み込まれずにすんだマンクスの強運にあやかりたかった。

「まあ、でも、動物をかわいがるってのはいいことだよな。おまえ、ちっちゃい頃から、そういう優しいところがあったからな」

なあ、と返事をうながされたとき、ポケットの中の携帯電話が鳴った。

メールの着信音だった。

「ケータイってのは、やっぱり、よくないなあ……中学生にはまだ早いだろ」

話の腰を折られた父親は、急に不機嫌になってしまった。もっとも、塾に通っていた小学六年生のときに「夜道は危ないから」と携帯電話を持つよう命じたのは、父親自身だったのだ。

少年は届いたメールを開いた。

件名――〈ヤバいかも……〉

差出人は同級生の長谷川だった。

〈ウワサだけど、ヤマシュウ、ゆうべ親にチクリ入れたみたい。どーする!?〉

背筋を冷たいものが滑り落ちた。腹の底は逆にぼうっと熱くなった。

携帯電話のフリップを閉じて、《コウジ》の入ったバスケットを抱きかかえた。

「でも、ほんと、学校で嫌なことがあったら、なんでもお父さんに相談してくれよな」

父親が言った。

少年の代わりに《コウジ》が、みいん、と甘えた声を出した。

2

家に帰ってマンクスと遊んでいる間も、同級生からのメールは何件も入ってきた。〈緊急ヤマシュウ情報！　さっきヤマシュウの親が学校に行ったらしい〉〈校長室に電気がついてる。マジヤバいかも〉〈ヤマシュウむかつく、殺！〉〈戸山んち匿名で電話したら、緊急で学校に行ったたって嫁が言ってたけど、俺ら危機？〉……。

少年はどのメールにも返事をしなかった。

ペットショップの店長の話どおり、マンクスはウサギのようにぴょんぴょん跳ねる。前肢と後ろ肢の長さは、あらためて見てみると、ほんとうにアンバランスだった。野生の動物として考えると、生きていくのに不都合なことのほうが多いだろう。自然淘汰の原則からいけば、とっくの昔に死に絶えていても不思議ではないのに——そういうところが、ノアの方舟にぎりぎり間に合った運の良さにつながるのだろうか？

夕食後に届いたメールは、微妙にトーンが変わってきた。

〈ヤマシュウ、ゆうべ自殺未遂したってマジ？〉〈遺書に名前が書いてあった噂あり。ヤマシュウの親の知り合い情報だから、わりと確実〉〈主犯、コウジだから、よろしく〈うそ。でも、マジ〉〉〈逮捕とかされるの？〉……。

家の電話のコードレス子機を、こっそり自分の部屋に持ってきた。

万が一、学校から電話がかかってきたときには、なにがあっても親よりも先に電話を受けなければならない。母親ならまだしも、父親が最初に電話を受けてしまったら、最悪だ。

優しい子――だと、思われている。

勉強はよくできるが、一人っ子のぶん、ちょっと引っ込み思案のところがあるから、友だちにいじめられちゃうんじゃないか――父親は、少年をそんなふうに見ている。

なにもわかっていない。

なにひとつ、気づいていない。

母親はもともとのんきなひとだが、父親のほうは子育ての本やいじめのルポルタージュを何冊も読み込んで、「いじめのサイン」や「子どものSOS」の見分け方について勉強している。心配性なのだ。少年がインターネットでレンタル猫の存在を知り、「猫を借りてみたい」と言いだしたときも、少年の前では鷹揚《おうよう》に「ああ、いいぞ」と言ったのに、あとでこっそり本を読み返していたんだと母親から聞いた。

なにもわかっていない、ほんとうに。

父親は鈍感で、身勝手で、結局はとんでもなく親バカなのだろう。

少年はいつも、父親の背中を冷ややかに見ていた。振り向いた父親と目が合いそうになると、あわててうつむいた。

「いじめのサイン」には二種類ある。

一つは「誰かにいじめられているサイン」と、もう一つは「誰かをいじめているサイン」――

本に載っているのは「いじめられているサイン」ばかりなのだと、父親はまだ気づいていない。

マンクスの背中を撫でながら、名前を呼んだ。《コウジ》と、自分自身の名前を口にすると、なぜだろう、背中が少しだけ軽くなってくれる。

「コウジさあ、ヤマシュウって最低だよな、親にチクリ入れるなんてさ……そんなことするから、いじめに遭うんだよなあ」

ヤマシュウ――山本修吾は、クラスの男子全員に嫌われている。ひとに迷惑をかけたり誰かを裏切ったりしたわけではないが、やることなすこと、うっとうしい。

「コウジ、知ってた？　ヤマシュウっておまえのこと好きだったんぜ、絶対に」

中学校に入学してすぐ、ヤマシュウと仲良くなった。少年はべつに「友だち」として意識していたわけではなかったが、ヤマシュウは休み時間のたびに「コウちゃん、コウちゃん」と寄ってくる。トイレに行くときも誘わなくてもついてくるし、弁当を食べるときには、呼んでもいないのに、いつのまにか隣に座っている。

「甘えてくるんだよな、あいつ。なんなんだろうな、愛に飢えてんのかなあ」

《コウジ》は、おとなしく座っているのに飽きたのか、ぴょん、と跳ねて少年から遠ざかった。

「まあ、ほら、そーゆーのもコウジの魅力ってやつ？」

きゃはっ、と笑った。

笑ったあと、コードレス電話の子機をちらりと見て、ため息を呑み込んだ。

ヤマシュウは悪い奴ではなかった。ただ、とにかく、うっとうしい。

よくしゃべるし、その声が甲高い。親の名前や仕事、きょうだいがいるのか、どうして一人っ子なのか、好きな食べ物は、嫌いな食べ物は、好きなスポーツは、嫌いなスポーツは……どうでもいいようなことを、端から訊いてくる。答えを知っても、だからどうだというわけではないのに、しつこく、しつこく、訊きつづける。

「他にしゃべることないんだよ、あいつ。でも、黙ってるとおまえに嫌われちゃうんじゃないかと思って、ひたすらしゃべるんだ。バカだよなあ、なあ、コウジ」

最初のうちは、うっとうしさも、まだなんだか許すことができた。「コウちゃん、コウちゃん」と呼ぶ声に応えてやれば、ヤマシュウはたいがいのことを聞いてくれる。ものを取ってきてくれたり、宿題のノートを写させてくれたり、弁当のゆで卵をくれたり……ダメでもともとのつもりで、学校帰りに「マックでハンバーガーおごってくれよ」と言ったときも、ほんとうに……。

「信じられねーよ、バカ」

少年は勢いをつけてベッドに寝ころがり、《コウジ》を見つめた。

少年に背中を向けた《コウジ》の後ろ姿は、尻尾がないせいで、ひどく無防備に見える。

マンクスのお尻を叩くのは厳禁だと、ペットショップの店長は言っていた。背骨のいちばん端の骨が、マンクスにはない。だからお尻が弱いらしい。これも、ノアの方舟に飛び乗った代償だった。

「おまえってさ……運がいいのか悪いのか、わかんねーよな、マジに」

《コウジ》は、のっそりと体を伸ばし、それからまた、ウサギのように跳ねた。

少年は寝返りを打って仰向けになり、天井を見つめた。電話はまだ鳴らない。だいじょうぶ、だいじょうぶ、滑り込みセーフ、と自分を安心させようとしても、不安はまだ消えない。むしろ、時間がたつにつれて、いっそう濃くなってしまった。

携帯電話を手に取って、着信メールのフォルダを開いた。

同級生から来たメールの、〈主犯、コウジだから、よろしく（うそ。でも、マジ）〉の一文をあらためて読み返した。

ふざけんな、と削除した。

不安がまたつのる。

ふと気づくと、《コウジ》が体をひねって少年を見つめていた。

「……なんだよ、コウジ、おまえ、いまになってビビってんのかよ」

《コウジ》は無表情に、ガラス玉のような真ん丸な目で少年を見つめるだけだった。

「おまえ一人じゃねえよ、おまえだけが悪いんじゃねえよ、そんなの……」

もしも父親がすべてを知ってしまったら、そう言ってくれるだろうか。守ってくれるだろうか。闘ってくれるだろうか。

「コウジがいじめに遭ったら、お父さん、絶対に、命を賭けても守ってやるからな」――父親は口癖のように言う。

だが、逆の立場になったときにどうするかは、まだ一度も聞いていていない。

夜十時近くなって、家の電話が鳴った。

早く取れ――。

頭で思い、ディスプレイが緑色に点灯した子機を見つめてもいるのに、体が動かない。

ディスプレイの表示が、発信者番号から〈親機使用中〉に変わった。

少年は息を詰める。

目を閉じる。

「それはどういうことですか！」

電話に向かって声を荒らげる父親の声が、現実なのか幻なのか、遠くから聞こえてきたような気がした。


五月に入って学校に慣れてくると、気の合う連中も増えてきた。最初はよそよそしかった別の小学校から来た奴らとも、すっかり馴染んだ。

だが、ヤマシュウはあいかわらず少年にくっついて、新しい仲間を見つけようとしない。それどころか、少年が別の同級生としゃべっていると、後ろから引き戻すように、用もないのに「コウちゃん、コウちゃん」と声をかけてくる。おしゃべりをさえぎられた少年がムッとしてにらみつけても、振り向いてくれるだけで満足なのか、「コウちゃん、今朝の朝飯、なに食べた？」と、甲高い声でどうでもいいことを訊いてくるのだった。

うっとうしい。

うっとうしい。

うっとうしい。

五月の半ば、日直のヤマシュウが職員室に行っている隙に、「ヤマシュウとコウジって、親友ってわけ?」と飯島に言われた。

「おめーら、ホモってんの?」と柳瀬にも笑われた。

そして、鈴木は、『黒ひげ危機一発』の樽にナイフを刺すような調子で、こう言った。

「でもさ、なーんか、ヤマシュウって、むかつかない?」

まわりにいた連中は皆、一瞬戸惑った顔になったが、一人が「だよなー」とうなずくと、ほっとしたように「うん」「マジ、そう」「俺もそう思ってた」と口々に言った。

黙っているのは、少年だけだった。

「まあ、コウジには悪いけどさ」

富山は片手拝みのポーズをとって笑い、「ヤマシュウに言うなよ、いまの」と付け加えた。

背筋がぞくっとした。ヤバい、と思った。このままだと、ヤマシュウとセットにされてしまう。

「ヤマシュウってさ、小学校のときも軽ーくいじめられてたって」「あ、わかる、そーゆーキャラっての?」「声がうざいのな」「上目づかいするじゃん、あれ、キモいっての」「いじめちゃおっかなー、つって」「ヤバいって、それ」「嘘だぴょーん」「まあ、でも、マジむかつくけど、あいつ」……。

富山が少年をまた振り向いて、「スパイすんなよ、コウジ」と言った。笑いながら、だった。軽いジョークだった。だが、それがいつ、どう変わってしまうかは、わからない。

少年はあわてて言った。

「俺も、あいつ、すげーむかつく」

一言では足りない——と思った。

「マジ、いじめようぜ、ヤマシュウのこと」

みんなは一斉にどよめいた。

「まあ、コウジがそう言うんなら、付き合ってやってもいいけどさ」

富山の言葉に、みんなもうなずいた。

背筋がまた、ぞくっとした。

主犯にされてしまった。

だが、もう逃げられない。

用事をすませたヤマシュウが教室に戻ってきた。少年を見つけると、いつものように「コウちゃん、コウちゃん」と寄ってくる。

富山たちが少年を見る。にやにや笑いながら、試すように、見つめる。

「コウちゃん、さっきさあ、廊下歩いてるときに……」

甲高い声をさえぎって、「うっせえよ、おまえ」と言った。

きょとんとするヤマシュウの肩を突き飛ばした。

けなくなった。

「あっち行けよ、バーカ！」

不意をつかれたヤマシュウは、後ろの机に倒れ込んでしまった。

「死ね、てめえ……」

少年は吐き捨てて、その場から大股に立ち去った。富山たちもついてきた。「コウジ、けっこうやるじゃん」と誰かが言った。それを聞いて、ほっとした——そんな自分が、あとですごく情けなくなった。

目を開けた。子機のディスプレイの〈親機使用中〉の表示は、まだつづいている。

長い電話だ。

こんなに長いのなら、お父さんかお母さんの友だちからの電話かもしれないな……。

少年は体を起こし、ベッドのすぐそばにいた《コウジ》を抱き上げた。

後ろ肢が長くて太いぶん、お尻を下にすると抱きやすい。知らない家で、知らない人間に抱かれているのに、《コウジ》はおとなしい。キャットフードを食べるときも、トイレのときも、母親が「すごいわねえ」と感心するほど手がかからなかった。「ブランケット・キャットは、頭もよくて性格もよくないとつとまらないんだ」と店長が自慢していたとおり、マンクスの中でも優等生なのだろう。

喉が渇いた。電話が終わったら階下に下りて、ジュースを飲もう、と決めた。

「コウジも飲むか？　ちょっとぐらいだいじょうぶだろ」

胸から消えたわけではない不安を拭い去ろうと、わざと声に出して言った。

「なっ、飲もうぜ」と《コウジ》の頭を軽く撫でたとき、ディスプレイの照明が消えた。

電話が終わったのだ。

「よし、じゃあ、ちょっと下りて、ジュース取ってくるから」

《コウジ》をベッドに下ろした、そのとき——階下から、母親の声がした。

「コウちゃん、ちょっと」

笑いのない、低い声だった。

返事が一瞬遅れると、今度は父親の怒声が「早く来い！」と響いた。

少年は身をすくめ、《コウジ》を背中から抱いた。ノアの方舟の出航にぎりぎり間に合った幸運な猫に、自分自身を重ねた。

俺もぎりぎり間に合ったんだから、あそこでヤマシュウを見捨てなかったら、いまごろは俺もヤバかったんだから、しょうがなかったんだ、しょうがなかったんだ、しょうがなかったんだ……。

《コウジ》がうなった。さっきはあれほどおとなしかったのに、背中を激しく揺さぶって、少年の手を拒んだ。

「なにしてるんだ！　早く来い！」

父親は、声を裏返らせて怒鳴った。

3

自殺未遂――という父親の言葉が耳に飛び込んだ瞬間、フッと現実感が消えた。

テレビみたいだ、と思った。

テレビの中のいじめっ子に、テレビの中のいじめられっ子。ドラマやニュースで彼らを見るとき、少年はいつも、妙な照れくささに襲われて、にやにや笑ってしまう。

だから、いまも――。

「なに笑ってるんだ！」

父親に怒鳴られた。「おまえ、いま、どんなことになってるのか、わかってるのか！」と、怒鳴り声はまた裏返った。

ヤマシュウは、ゆうべ風呂に入っているときに手首をカミソリで切った。ケガはたいしたことはなかった。ちょっと血が出ただけで大騒ぎして、両親があわてて浴室に駆けつけて……着替えの上に置いてあった遺書を見つけた。

遺書には、自分をいじめた同級生の名前が列挙されていた。

これも――テレビみたいだ、と少年は思う。

現実の世界にテレビの世界が流れ込んできたような気がした。知らないうちにドラマやニュースの台本が手渡されて、知らないうちに役が割り振られて、知らないうちに「いっせーの、せっ」で本番が始まって……。

「おまえの名前もあった」

父親が言った。「だから、いまさら言い訳なんかするなよ」と、逃げ道を封じた。

泣きだしそうな顔の母親が「あなた……」と制しかけたが、父親は「黙ってろ」と取り合わず、パジャマを脱ぎ捨てながら少年をにらみつけた。

「見損なったぞ。お父さん、いつも言ってるだろ、いじめなんて最低の奴がやることなんだ、って」

少年は黙ってうつむいた。

「おまえはお父さんを裏切ったんだ。そうだよな？　お父さんの信頼を、裏切ったんだ、違うか？　違わないだろう？」

喉がすぼまって、声も、息も出てこない。

父親は鴨居に掛かったワイシャツをむしり取って、荒々しいしぐさでボタンを留めていった。

「なんで山本くんをいじめたんだ。ちゃんとお父さんの顔見て、正直に言ってみろ」

父親の声が濁ってきた。

少年は顔を上げられない。体ぜんたいがこわばって、歯の根が合わなくなる。

怖い。

暴力をふるわれる恐怖ではなく、もっと内にこもった、金縛りに遭うような怖さだった。

「もう一度訊くぞ。おまえは、なんで山本くんをいじめたんだ」

動けない。体も、心も。

黙っているのが答えになるんだと、父親は認めてくれない。目をそらしてしまうところに本音を込めても、許してくれない。

父親は母親を振り向き「替え上着じゃだめだ、スーツ出してくれ」と言った。

いまから学校へ行くのだろう。担任の戸山先生や校長先生が待っているのだろう。テレビの世界なら、呼び出された親たちが責任をなすりつけあうはずで、現実の世界でも、たぶん、同じような光景が繰り広げられるのだろう。

「誰に言われたんだ。それだけでいい、教えろ。おまえは誰に命令されて、いじめグループに入ったんだ。お父さん、その子の親にきっちり言ってやるから、教えてくれ」

違う。誰にも命令されていない。少年は低くうめいた。胸につっかえた言葉が喉の奥で砕けて、無数のかけらが喉の奥に刺さる。

スーツに着替えてネクタイを締めた父親は、舌打ち交じりに「とにかく」と言った。

「なにがあっても、お父さん、コウジを守ってやるからな。いじめられるほうにも、それなりの原因があるんだし、おまえはかばってやってるのかもしれないけど、みんなを焚《た》き付けてる奴が絶対にいるんだ。そんなの、いくらガキが黙ってたって、親を見たらだいたいわかるんだよ」

少年はうつむいたまま、顔をゆがめる。

父親は最後にもう一度、息子にではなくむしろ自分自身に伝えるように「安心しろ、お父さんが守ってやる」と言った。

少年は自分の部屋にこもって、《コウジ》を抱いた。《コウジ》のお尻をそっと撫でた。ノアの方舟にぎりぎり間に合った幸運と引き換えに尻尾を失ったお尻は、ぬいぐるみのようなやわらかい手触りだった。

「コウジ……」

自分の名前を呼ぶ。

「コウジ、コウジ、コウジ……」

繰り返して呼ぶと、少し気持ちが落ち着いた。

「なあコウジ」――名前と一緒に、父親といるときの自分が、生身の体から剝がれ落ちていく。

「お父さんのアレ、本気だよな。マジにおまえのこと守ろうとするぞ」

さっき急に跳ねたのが嘘のように、いまの《コウジ》はおとなしく少年の腕に抱かれていた。

「ヤマシュウって、バカだよなあ。ほんと、自殺とかさ、バカだよ、あいつ。おまえ、主犯だぜ。どうする？　なあ、おまえがあいつのこと追い詰めちゃったんだよ。だよな？　おまえが絶交とかしなかったら、あいつ、みんなから……いじめられてたかな……やっぱ……うそ……嘘だけど……」

涙がにじんだ。

「おまえ、ひきょうだよ。弱虫だよ、死ぬほど弱虫で、根性ねえよ、マジ」

《コウジ》の背中に乗せた右の手のひらを、ゆっくりと、クレーンのフックのような形にすぼめた。

「おまえのせいだ」

父親の口調をなぞって、「おまえは、お父さんの信頼を裏切ったんだ。裏切り者なんだ」とつづけた。

五本の指が、《コウジ》の背中に少しずつ食い込んでいく。

「お父さんは……おまえを信じていたのに……だまされたんだ……」

見た目よりもふわふわしている《コウジ》の毛が、指にからみつく。

やわらかい肌の感触が伝わった。

《コウジ》は、不機嫌そうにうなって、体をくねらせた。

「お父さん……おまえを許さないからな、一生……」

逃げようとする《コウジ》を押さえつけて、背中を鷲摑《わしづか》みにした。

《コウジ》は長い後ろ肢をバネにして、跳ねた。背中の筋肉が躍って、少年の指はあっけなくはずされた。

跳ねたあと、《コウジ》は体を反転させて、少年に向かってきた。

爪が頰を――。

顔をかばった右腕を――。

ほんの一瞬、けれどむせ返るように濃密な、ケモノのにおいがした。

頬と右腕ににじんだ血をティッシュペーパーで拭き取って、階下に下りた。

リビングのテレビは点いていたが、母親はテレビに背を向けて、ダイニングテーブルに突っ伏していた。

少年の足音や気配に気づいていないのか、気づかないふりをしているのか、母親はそのままの姿勢でいた。少年も声をかけず、リビングのソファーに座った。

正面のサイドボードに飾ってある家族の写真をちらりと見て、うなだれる。写真立ての中に、小学一年生の頃の少年がいる。いまよりだいぶ若い父親に肩を抱かれて、はにかんだ顔をしている。

コウジは、お父さんのすべてなんだから——その頃から、それが父親の口癖だった。

期待されていた。

心配もかけていた。

「よし、いいぞ、さすがお父さんの息子だ」と褒《ほ》められるのと、「おまえ、それでもお父さんの息子なのか」と叱られるのが、かわるがわるだった。

赤ん坊の頃からずっと数えあげていけば、どっちのほうが回数が多かったのか、わからない。いまからおとなになるまで、どっちの言葉をぶつけられる回数が多くなるのか……それはなんとなく、見当がついてしまうけれど。

母親が突っ伏したまま、ため息交じりに「コウちゃん」と言った。「猫、もう寝たの?」

「……まだ起きてる」

「何時？　いま」

「……十一時過ぎ」

父親からの連絡は、まだ、ない。

母親は「もう寝なさい」と言った。「山本くんのことは、明日でいいから」

少年は黙ってうなずいたが、ソファーから立ち上がらなかった。

眠ってしまいたい。なにも考えず、夢も見ずに、闇の中に頭からずぶずぶと沈み込むように眠って――逃げてしまいたい。

だが、たぶん、ベッドに入っても眠れないだろう。どんなに堅く目をつぶっても、心の中のまなざしが、おびえながら暗闇を見つめてしまうだろう。

《コウジ》にひっかかれた頰の傷が、いまになってチクチクと痛んできた。

右腕の傷口からは、いつのまにか、また血がにじんでいた。

「ねえ、コウちゃん」

「……なに？」

「あんた、なんで急に猫を借りてみたいなんて言いだしたの？」

「……ネットで、たまたま見たから」

「いじめのこと、悩んでたの？」

少年はダイニングテーブルにちらりと目をやって、母親がまだ突っ伏したままなのを確かめてから、消え入りそうな声で「そう」と答えた。

「山本くんが自殺しちゃうかもしれないって、不安だったの？」

「そこまでは……考えてなかったけど……」

「いじめ、やめたかったの？」

わかんない。口を小さく動かした。

「友だちの誰かに、山本くんをいじめろって言われたの？」

そうじゃない。言えない言葉が、また砕けて、喉の奥に突き刺さる。

「もう寝なさい」

母親はまた言った。「お父さんが帰ってきたら、お母さんが話を聞くから」

なにも応えずにいたら、母親の背中が震えた。

「お願い……お母さんを、ちょっと一人にしてくれない？」

涙声で言われた。

少年は、居場所を失ってリビングルームを出た。


自分の部屋に戻ると、《コウジ》は机の下のガラクタをつついて遊んでいた。少年はベッドの縁に腰かけて、《コウジ》のお尻をぼんやりと見つめた。

尻尾のない猫。後ろ肢と前肢の長さがアンバランスな、ウサギのような猫。昼間、父親がペットショップの店長に言った言葉を思いだした。

「人間ってのは残酷なものだよなあ」と父親はあきれていたのだ。「自分の愉しみのために、こんな、尻尾のない猫までつくっちゃうんだから」――マンクスが突然変異で生まれた種だと知らずに、笑っていたのだった。

少年は両手で自分の胸を抱きかかえた。

マンクスは突然変異でも、自分は違うんだ――と思った。

父親が、少年をつくった。「さすが俺の息子だ」と上機嫌で言いつづけるために。

少年は、父親によってつくられた。

父親に褒められたかった。父親を失望させたくなかった。怖かった。癇癪を起こして声を荒らげるときよりも、むしろ理詰めで逃げ道を断って叱るときのほうが。

「コウジ」

少年は《コウジ》を呼んだ。

自分自身を脱ぎ捨てて、バランスの悪い《コウジ》のお尻を見つめ、せせら笑った。

「コウジ……おまえ、これからどうするの。一生、ビビるんだ、あのひとに。ずうっとビクビクして、サイテーだな、おまえって」

冷たい笑みを浮かべているのに、腋の下がじっとりと湿って火照《ほて》ってくる。

「でも、おまえ、もうだめだよ。お父さんはおまえを見捨てるよ。軽蔑されるよ、絶対に。一生、もう、許してもらえないよ。哀れだな、おまえ。ざまーみろだな、おまえなんて……」

胸をきつく抱く。

体のどこかにまだ残っている自分自身を絞り出したくて、強く、腋を締めつける。

額や鼻の頭に汗がにじむ。

「……おまえなんて、生きてる価値ないんじゃないの？　自殺するのって、ヤマシュウじゃなくて、おまえのほうだっつーの」

頰の傷が痛い。右腕の傷が痛い。

《コウジ》は身を少し低くして、机の下から出た。

「生きてる価値ねえよ……マジ……おまえなんてさ……」

つぶやいて、ぞくっと身震いして、さらに強く胸を抱いた。

猫を殺す少年——テレビの世界に、ときどき登場する。ひとを殺してしまった子どもが、ナイフを他人に向ける前に、猫を殺していた。そんな話が、テレビにはよく似合う。学校ではまじめでした、家でもごくふつうの子どもでした、と現場に赴いたレポーターは言うのだ。スタジオの評論家やコメンテーターは、深刻な顔をして、ふつうの子どもがこういうことをしてしまう時代なんです、と言うのだ。テレビの世界が流れ込む。包み込む。覆い尽くし、押しつぶしていく。

外で、車の停まる音がした。

ドアが開く音、閉まる音、走り去る音。

門扉が開く。玄関のドアが開く。

階段を上る足音が近づいてくる。

「あなた、今夜はやめて」と階下から母親の声が追いすがる。

父親は黙っていた。

ノックなしにドアが開いた瞬間――《コウジ》が跳ねた。

戸口に仁王立ちする父親の脇をかすめて、外に逃げ出してしまった。

父親は一瞬ひるんだが、すぐに体をまっすぐに立て直し、跳ねて階段を下りる《コウジ》には目も向けず、少年をにらみつけた。

「ぜんぶ聞いたぞ」

静かな声だった。

「お父さん……土下座したよ、山本くんのお母さんに……土下座して謝れって言うから、しょうがないだろ」

自嘲するように薄く笑って、同じ笑みを少年に送った。

「こんな奴に育てた覚えはないぞ、俺は」

静かな声――冷たい声。

少年は胸を抱いた両手をだらんと下げた。

《コウジ》は逃げた。父親につくられた自分自身が、姿を消した。

「なあ、コウジ、おまえ……」

少年は、跳ねた――《コウジ》のように。

声にならない叫び声をあげて、父親につかみかかった。

無我夢中で両手を振り回した。

右の拳が、父親の鼻を横から打った。

シャボン玉の膜がプツンとはじけるように、あっけなく、父親は膝からその場に崩れ落ちた。

4

翌朝――日曜日の朝、玄関で靴を履く段になっても、母親は「他の子はみんなお父さんと一緒なんでしょう？　わたし、なに言っていいかわからない」と逃げ腰だった。

「なにも言わなくていいんだ、とにかく頭を下げてりゃいいんだよ、それくらいできるだろう」

鼻の横から目の下にかけて青紫色のアザをつくった父親は、不機嫌そうに言った。鼻づまりの声だった。母親の隣で靴を履き終えた少年にちらりと目をやり、憮然とした表情で口を開きかけて、舌打ちとともに閉じる。

少年はうつむいて、母親が出かける支度を整えるのを待った。睡眠不足で目がしょぼつき、朝食を食べなかったおなかが、むかむかする。右の拳には父親を殴ったときの感触がまだ残っていた。

玄関のすぐ向かい側のリビングから、がさがさと紙を触る音が聞こえる。《コウジ》が新聞で遊んでいるのだ。

「とにかく」父親が言った。「もうお父さんは知らんからな、コウジが自分でやったことなんだ、自分でちゃんと責任とるんだ」

少年は黙ってうなずいた。

「逃げたり言い訳したりするなよ。いいか、これ以上、お父さんに恥をかかせるな」

そう言い捨てて、父親はリビングに戻った。「どけよ、ほら、クソ猫」といらだたしげな声――言われたとおり《コウジ》が場所をどいたのかどうか確かめる前に、母親は、行こうか、と寂しそうに微笑んで少年の背中を軽く押した。

学校までは、徒歩十五分。足が思うように前へ進んでくれないのに、道のりのちょうど半分の目印になる郵便局には、あっという間に着いてしまった。

ポストの前を通り過ぎると、ずっと押し黙って歩いていた母親が、ぽつりと言った。

「コウちゃん、なんであんなことしたの?」

あんなこと――がなにを指しているのか、よくわからない。ヤマシュウをいじめたことなのか。父親を殴ったことなのか。どちらにしても、答えは同じになってしまう。

ためらいながら、けれど正直に、少年は言った。

「……怖かったから」

口に出すと、すっきりした。小学生の頃の、学校から帰ってランドセルを肩から下ろしたときのような気分だった。汗ばんで蒸れた背中に風がすうっと通って涼しくなる、その心地よさに似ている。

母親は少し間をおいて、「謝れる?」と訊いた。少年は黙っていた。今度は、答えが二つに分かれてしまうから。

「猫と遊べなくなっちゃったね」

「……うん」

「でも、なんで急に猫をレンタルしたいなんて言いだしたの？　山本くんのことと、なにか関係あるの？」

「……わかんないけど」

「かわいがってあげよう、と思ってた？」

そんなのあたりまえじゃないか、なんでわざわざ訊くんだろう――と思いかけて、少年は、はっと息を呑んだ。足がすくんだように止まる。

気づかなかった。いままで、まったく。

打ち消すことはできる。

冗談じゃない、そんなこと考えてるわけないじゃないか、と笑い飛ばそうと思えば簡単だし、ヘンなことを訊いてきた母親に食ってかかることだってできる。

だが、少年の顔は見る間に青ざめてしまい、唇が震えてしまう。

母親はそれ以上はなにも言わなかった。少年に付き合ってしばらくその場にたたずみ、またゆっくりと歩きだす。

少年も、目に見えない糸に引かれたように、うつむいたまま母親のあとにつづいた。

「ねえ、猫の名前、なんてつけたの？」

「……《コウジ》」

思いきって言ったのに、声が小さすぎて母親には届かなかった。今度は、さっきのように気持ちよくなれなかった。ランドセルを下ろして、背中に涼しい風が吹き抜けたあとの、守ってくれるものを急に失ったような頼りなさに似ていた。

校長室には、長谷川や飯島たちもいた。ぜんぶで八人。「なんであいつがいないの?」も「こいつ、関係ないじゃん」もない、ぴったりの顔ぶれだった。みんな父親や母親に付き添われて、みんなふてくされた顔をして——子どもたちより、むしろ親のほうが。

長谷川の母親と少年の母親は顔見知りで、五月の保護者会のあともデニーズに寄って長いおしゃべりをしていたのに、今日は二人ともこわばった顔で相手を盗み見て、目が合っても会釈すらしなかった。

校長と担任の戸山先生が入ってきて、部屋の空気はピンと張り詰めた。

「ゆうべのうちに親御さんにはだいたいのことはお話ししましたが、その、やはり、本人からの謝罪がないと、ということでして……」

隣の会議室にヤマシュウの父親が来ている、と校長は言った。

「ほんとうは子どもさんと直接、親御さん抜きで話をしたいとおっしゃったんですが、さすがに、まあ、そういうわけにもいきませんので……親御さんもご一緒でけっこうですから、一人ずつ……」

ヤマシュウも来ているのかどうかは、校長は言わなかった。集まった親たちもそれを気にしている様子はなく、誰が最初に会議室へ行くのかを目で牽制し合うのに夢中になっていた。

「それで、あの……どなたから……」

親の視線は、しだいにひとつにまとまっていった。少年と母親を――「主犯」を、見据えていた。

母親は膝に載せたハンドバッグをぎゅっと握りしめた。少年はゆうべ《コウジ》にひっかかれた頰の傷跡を指でたどり、右腕の傷跡に目を落とす。その右手の拳を軽く固めた。父親を殴ったときの感触はまだ残っている。これからもずっと、薄れることはあっても消えないんだろう、と思う。

校長がもう一度うながしかけたとき、少年は立ち上がった。つられて、しかたなく、母親も。

「ああ、あの、ちょっとねえ……」

太った父親が声をかけた。初めて見る顔だったが、隣に鈴木がいるから、たぶん鈴木の父親だろう。

「先に行くのはいいんだけど、ちゃんと正直に言ってくださいよ。自分だけ助かろうと思って、あることないこと言われちゃうと、こっちが困るんですからね。ほんと、ウチの子はみんなに付き合わされただけなんですから」

一瞬、部屋の空気が濁った気がした。

母親も、他の親たちも、ふざけるな、という顔になった。

だが、鈴木の父親を咎める声はどこからもあがらない。

もしも、ここに――と少年は思う。

もしもここに父親がいたら、どんなふうに怒って、どんなふうに言い返しただろう。いや、そもそも、母親の代わりに父親が付き添っていたら、鈴木の父親はあんなことを言っただろうか……。

鈴木を見た。耳たぶまでまっ赤になって、うつむいていた。

こいつも意外と、家ではお父さんに押しつぶされそうになってるのかもな――。

そう思うと、ほんの少し気が楽になった。

会議室にヤマシュウはいなかった。

父親が一人で、腕組みをして座っていた。

体は小柄だが、角刈りにした髪と日焼けした顔がいかにも怖そうな――確か、工務店に勤めている、と聞いた。

少年と母親が部屋に入ると、ぎょろりとした目でにらみつけられた。

母親は震える声で挨拶をして、一人でしゃべりだした。早口すぎてなにを言っているか少年にはよくわからなかったが、詫びていることだけは伝わった。

少年は「主犯」だ。悪者だ。テレビの世界なら、目が意地悪そうに吊り上がった子役が演じる役柄だ。

でも――胸の奥で、声にならない声がする。

でも――の先は言葉にならない。言葉にしてはいけないのかもしれない、という気もする。

でも――でも――でも――でも――。

「言い訳しないでくれますか」

ヤマシュウの父親が、わずらわしいものを手で払いのけるように言った。

少年の母親は、ビクッと肩を震わせて、言いかけた言葉を呑み込んだ。

「親がどんなに謝っても、本人が謝らなきゃ意味ないでしょうが。違いますか？」

でも――胸の奥で、また、声にならない声が響いた。

ここには、ヤマシュウはいない。

ほんとうに謝らなければいけない相手は、ここにはいないのだ。

少年は顔を上げ、何度も小さくつっかえながら、「山本くんは、来ないんですか」と訊いた。

「来るわけないだろう」吐き捨てるような声で返された。「やっといまは気持ちが落ち着いてるのに、おまえらの顔を見たら、また……どうなるか、わかるだろう、おまえにだって」

このひとは、自分の息子を守っているのだ、と思った。鈴木の父親が息子を守ったように。そして、鼻の横にアザをつくったあのひとが、息子を守っているつもりだったように。

少年は頭を深々と下げて、「どうも申し訳ありませんでした」と言った。土下座をしろと命じられたら従うつもりだったし、殴られるのならそれでもいい、と覚悟した。すべてテレビの世界の出来事なのだ、これは。本気で謝る言葉は、ここでは言わない。言いたくない。ただ早くこの場から解放されたいだけだ。テレビの世界の台本なら、反省や謝罪の言葉はすらすらと、いくらでも出てくるのだから。

ほんとうにごめんなさい。心から反省しています。面白半分で山本くんの心を傷つけて、すみませんでした。もう、こんなことは二度としませんから、どうか許してください……。

しゃべっているうちに、瞼《まぶた》が熱くなった。

本気で言っているわけではないのに。これはテレビの世界の台本なのに。

涙が出た。

隣で同じようにひたすら謝る母親の声を聞くと、涙はさらに、瞼のずっと奥深くからもにじみ出てきた。


学校を出ると、母親は携帯電話を取り出して家に電話をかけた。

「いま、終わりましたから……」と切りだした疲れの溶けた声は、次の瞬間、「ええっ？」と甲高く跳ねて裏返った。

「じゃあ、すぐ、帰ります」

電話を切るまではあわてふためいた様子だったが、携帯電話をハンドバッグにしまうと、母親はふと我に返ったように手の動きを止め、やれやれ、とため息をついた。

「どうしたの？」と少年は訊いた。

「猫、大変なんだって……お父さん、もうカンカンに怒っちゃって、今日のうちに返してこい、って」

「なにかやったの？」

「部屋中、めちゃくちゃみたいよ」

その言葉どおり――リビングはめちゃくちゃになっていた。グラスが倒れてウイスキーの染みがカーペットに広がり、レースのカーテンはフックがはずれ、朝刊はびりびりに引き裂かれて、ビデオテープはラックからほとんど床に落ちていた。

もっとも、その半分以上は《コウジ》ではなく父親が一人で大騒ぎして、一人でひっくり返したものだった。

「このクソ猫、ぴょんぴょん逃げまわりやがって……」

少年たちが帰宅する寸前まで《コウジ》を追いかけ回していた父親は、荒い息を肩で継ぎながら、いまいましげに言った。

抱っこをしようと思ったらしい。

尻尾のない尻を少し乱暴に――父親の言う「少し」だから、たぶん「かなり」乱暴に、手で押さえた。すると、《コウジ》はとたんに不機嫌に暴れだして、ウサギのように太い後ろ肢で父親の胸や腹を蹴った。怒った父親が捕まえようとすると、《コウジ》は逃げて、逃げて、逃げて……いまは、ダイニングテーブルの下で父親の脱ぎ捨てたスリッパをつついて遊んでいる。

「最低の週末だ」父親はソファーに座り込んで、母親からも少年からも顔をそむけて言った。「あんな、尻尾もないような、できそこないの猫を借りてきて……そこから、最低になったんじゃないか……」

少年は小さく口を動かした。

ちがうよ。

声にはならず、息にもほとんど乗らなかった。

「うん？　なんだ？」父親がしかめつらで振り向いた。「いまさら謝っても遅いぞ、お父さん、もう、ほんとに怒ってるんだからな。このアザ、明日までにひかなかったら、会社にも行けないんだからな。わかってるのか」

「……違う、よ」

「なにがだ」

「ずっと……最低だったんだ……」

喉がひくついた。怖かった。カッとなった父親の顔が、すぐ目の前に浮かぶ。

だが、父親は怒らなかった。顔の向きを元に戻し、テレビのほうをぼんやり見つめて、「猫、返してこい」と言った。

契約では、明日まで借りられることになっていた。明日、父親が仕事を終えて帰ってきてから、一緒に車で返しに行く予定だった。だが、父親は「もう、こんなクソ猫、見たくもない」と吐き捨てて、「バスぐらい乗れるだろ、おまえだって」とつづけた。

実際、父親の目のまわりの腫れ具合を見ていると、車の運転は難しそうだった。急に機嫌を直して「やっぱり返すのは明日でいい」と言いだすことも、たぶん、ないだろう。

「コウちゃん、お母さんが一緒に……」と母親が言いかけるのをさえぎって、少年は「一人で行けるからいい」と二階に駆け上がった。

毛布を敷き詰めたバスケットを提げてリビングに下りると、《コウジ》は、まるでいまの会話の意味がわかっていたみたいに、おとなしく、自分からバスケットに入った。

バスケットに蓋をしたとき、父親は「最低、か……」とつぶやいた。

寂しそうに、聞こえた。

声が最初から寂しかったのではなく、少年の耳に流れ込んだあと、胸の奥のなにかと反応し合って、寂しく響いた。

「……それ、ぼくのことだから」

少年は言った。こう言おうと決めたのではなく、言葉が勝手に唇からこぼれ落ちた。

父親はそっぽを向いたまま、薄く笑った。「コウジは最低なんかじゃないさ」と、ぼそっと言った。「そんなの、わかってるから、お父さんだって」

予定より一日早く、一人で猫を返しに来た少年に、ペットショップの店長は少し驚いた顔で「もう飽きちゃった?」と訊いた。

少年は黙ってかぶりを振った。

カウンターの上に置いたバスケットの蓋を店長が開けると、《コウジ》はアンバランスな長さの前肢と後ろ肢を器用に曲げ伸ばしして、外に出た。

「どうしたの? なんか、昨日来たときより元気ないけど」

昨日の明るさのほうが嘘なんです、ぼく、嘘ばかりついていたんです、お父さんが怖かったから――。

言葉にはならない。

口を開くと、会議室で謝ったときのように、また泣いてしまいそうだった。

「まあいいや、じゃあ、返却のサインだけしてくれるかな」

店長は用紙とペンをカウンターに置いた。

《コウジ》は興味深そうな様子でこっちを見ている。

少年はカウンターに肘をつき、ペンを手に取った。

「猫の名前、なんて付けたの？」

「……ぼくと、同じ」

「コウジ？」

「はい……」

店長は、ふうん、とうなずいて、それ以上はなにも言わなかった。

返却の日付を書き込み、名前を書いて、〈感想・ご意見など自由にお書きください〉の欄にさしかかったところで、ペンの動きが止まった。

そのとき――《コウジ》が首を伸ばして、少年の右手に顔を寄せた。

ゆうべひっかいた傷跡を、ぺろっ、と舐めた。

少年は一瞬右手を引きかけたが、すぐに腕の力を抜いて、笑った。

《コウジ》は傷跡を一舐めしただけで、もう用はすんだと言わんばかりに、カウンターをゆっくりと、小さく飛び跳ねて、少年から遠ざかっていった。

少年はペンを握り直して、あらためて感想の欄に向き合った。

〈ありがとうございました〉と書いた。

店長はその字を覗き込んで、「ノアの方舟に間に合った、って感じ?」と笑いながら訊いた。

きょとんとする少年に、もう一言——。

「よくわかんないけど、いろんなこと、なんでも、まだ間に合うんじゃないかな。尻尾がちぎれちゃっても、方舟に乗っちゃえば勝ちだもんな」

少年は黙ってうなずいた。笑い返したつもりだったのに、瞼がまた、じわじわと熱くなった。

身代わりのブランケット・キャット

1

二カ月かけて探してもらったけど、結局リクエストはかなえられなかった。

「まことに申し訳ございませんが……」

頼んだ三軒のペットショップは、三軒とも同じ話の切りだし方をした。

「仔猫ならともかく成猫となりますと、なかなか難しいものがありまして」

それはまあ、そうだろうな。

はっきり「業者のルートでは無理ですよ」と言った店長もいる。覚悟していた。とりあえず探してみてくれただけでも感謝している。はなから「無理無理」と相談にすら乗ってくれなかったペットショップだってあった。事情を話すと「そういう考え方は、ちょっと間違ってるんじゃないですかねえ」とお説教をしてきたお店だって。

業者のルート以外でも動いた。お父さんは会社の社内メールで、お母さんは近所の銀行やショッピングセンターの掲示板で、弟はネットオークションの『買います！』コーナーで……〈オトナのアメリカンショートヘア探しています〉というメッセージを出して、すべて空振りだった。

「品種だけならいいんですけどねえ……」

三軒目のペットショップの店長は、預かっていた写真をわたしに返して、「難しいですよ、やっぱり」と念を押すように言った。

写真の中に、我が家の飼い猫がいる。

名前はロンロン。

ブラウンクラシック・タビーの、アメリカンショートヘア。

この春——三カ月ほど前に、十二歳で亡くなった。

「これとそっくりの猫、でしょう？　そこが問題なんですよねえ。ブラウンクラシック・タビーじたい、そんなに多く出回ってませんし。シルバークラシックなら、まだ、なんとかなったかもしれませんけど」

言われなくたって、わかっている。

アメリカンショートヘアの主流は、タビー——縞模様の「地」の部分の毛が銀色のシルバークラシック・タビーだ。褐色の「地」のブラウンクラシック・タビーは、せっかくの豪華なタビーのコントラストがいまひとつくっきりとしないせいか、あまり見かけない。

「でも、ブラウンだから、ちょっとぐらいタビーの柄が違っててもごまかせるんじゃないかと思ったんですけど……」

負け惜しみ半分に言うと、店長は軽くたしなめるように「そういうものじゃないと思いますよ」と返した。「猫のお好きなひとにとっては、タビーの一筋一筋、微妙なところにも思い入れがあるものですから」

そうですね、とうなずいて写真をバッグにしまった。

ロンロンのタビーは、しっかりと覚えている。わたしだけじゃない。我が家全員――たった一人を除いては、そう。

でも、わたしは、自分のためにロンロンの身代わりを探しているわけじゃない。お父さんもお母さんも弟も、同じだ。

四人家族――ときどき、プラスアルファで一人増える。「我が家の一員」と呼べるのかどうかよくわからない、そのひとのために、わたしたちはいま、ロンロンの身代わりを探しているのだ。

会釈して店を出ようとしたら、「ああ、それでですね……」と呼び止められた。

参考までに。

とりあえず名前だけ。

ほんとうは自分としてはそういう商売は好きじゃないんですが。

妙にしつこく前置きして、店長は新しいルートを教えてくれた。

「レンタル、という手もあるんじゃないですか?」

ブランケット・キャットという猫がいるらしい。生まれたての仔猫の頃から馴染んだ毛布とともに、あちこちに貸し出される、そういう猫を扱っているショップがあるのだという。

「お客さんの条件に合う猫がいるかどうかは保証できませんが、まあ、ダメでもともとで訪ねてみるのもいいんじゃないですかね」

「レンタルって、期間はどれくらいなんですか?」

「二泊三日とか、それくらいだったと思いますよ。延長も利くんじゃないかな」

「……二泊三日」

思わずオウム返しにつぶやいていた。

悪くない。

ロンロンの身代わりが必要なひとが我が家にいるのは、三日ほどだ。

わたしはカウンターに引き返して、携帯電話を取り出した。

「すみません、そのお店の電話番号、教えてください!」


幸運が、二つ。

ブランケット・キャッツの中には、アメリカンショートヘアもいた。うまいぐあいに六歳のオトナで、しかも、ブラウンクラシック・タビー。

もっとも、その猫はロンロンより少し小柄で、タビーの模様も微妙に違う。少なくとも、わたしが見たときには一瞬で「あ、別の猫だ」とわかってしまった。身代わり候補の猫の写真を携帯電話のカメラで撮って、家族全員にメールで送ると、お父さんもお母さんも弟も「候補は候補だけど……」と迷った様子の返信メールを打ってきた。

とりあえずその場では仮予約だけ入れておいて、家に帰って作戦を練り直すことにした。

ここで、二つ目の幸運が登場する。

翌日の夜、伯父さんと電話で長い話をしたお父さんは、電話を終えると、ちょっと寂しそうな顔になって言った。

「おふくろ……だいぶ目が悪くなったみたいだな。飯を食うときの様子も、どうも、細かいところはほとんど見えてないんじゃないか、って兄貴が言うんだ」

よく考えたら、そんなもの幸運でもなんでもない。

「それに、やっぱり、惚けのほうも、ちょっと進んできてるみたいだ、って」

幸運なんかじゃない——絶対に。

でも、おばあちゃんにとっては幸運なことなんだ、と無理やり自分に言い聞かせた。

目が悪くて、頭のネジが多少ゆるんでいれば、タビーの細かい違いは、なんとかなる。なんとかなってくれなければ困る。

お父さんはため息交じりにつづけた。

「ロンロンと会うのを楽しみにしてる、ってさ」

それを聞いたお母さんは、早くも目を赤くしてしまった。

理系の大学生らしく少々の「泣かせ」には動じないクールな弟も、リビングの壁に飾った生前のロンロンの写真を黙って見つめる。

おばあちゃんに抱かれている。

まだ元気だった頃——メアリー・ポピンズみたいに大きなスーツケースを引き、こうもり傘を差して、一人暮らしの自宅と伯父さんの家と伯母さんの家と我が家とをぐるぐる回っていたおばあちゃんが、写真の中で嬉しそうに笑っている。

「もう八十九歳だもんなあ……しょうがないよなあ……」

お父さんはそう言って、飲みかけだったビールを啜った。気が抜けてぬるくなったビールはいかにも苦そうだったけど、一口飲んだあとのお父さんの顔には、ビールよりもっと苦みが溶けていた。

おばあちゃんが我が家を訪れるのは、いつも夏の終わりだった。お父さんがまだ子どもだった頃に亡くなったおじいちゃんの旧盆の供養をすませてから、位牌と一緒に上京する。短いときでも一カ月近く、長いときにはコタツを出す頃まで。言葉は悪いけど、居座る。我が家は４ＬＤＫの一戸建てなので、おばあちゃんの部屋もいちおう用意はできるものの、昔はお母さんとの間でぎくしゃくした空気もずいぶん流れていたらしい。

まだわたしが子どもだった頃——七十代の頃のおばあちゃんのイメージは、偏屈なひと、の一言に尽きる。「親父が早く死んでから、再婚もせずに、女手ひとつで俺たちを育ててくれたんだから」とお父さんはかばうけど、機嫌が悪いときのお母さんに言わせると、「苦労したぶん、ひねくれてしまったひと」になる。

そんなおばあちゃんが、喜寿を過ぎた頃から急にまるくなり、優しくなった。ちょうど我が家でロンロンを飼いはじめた頃だ。

おばあちゃんはロンロンをものすごーくかわいがっていた。ロンロンもよくなついていた。田舎に帰るときには、孫のわたしや弟よりも、ロンロンとの別れを惜しんで、ぎゅうっと抱きしめて涙ぐんでしまうことだってあった。

ここ数年、お母さんはおばあちゃんとうまく付き合っていけるようになった。昔は仕事が忙しくておばあちゃんの相手をわたしや弟に任せきりだったお父さんも、美味しい和菓子を買ってきて、おばあちゃんと二人でお茶を啜りながら思い出話にふけるようになった。

たぶんそれは、両親も少しずつ年老いてきて、もっと年老いたおばあちゃんの寂しさや心細さがわかってきたからなのだろう、と思う。

今年も、もうすぐ――来週、おばあちゃんは我が家に来る。一人では電車に乗れなくなったので、お父さんが伯父さんの家まで迎えに行く。先週は伯母さんの家で過ごし、今週を伯父さんの家で過ごしたおばあちゃんは、夏の終わりの二、三日を我が家で過ごして……そのまま、老人ホームに入る。

田舎の自宅は、伯母さんの家におばあちゃんがいる間に、伯父さんが引き払った。2DKの狭い狭い狭い県営住宅は、家財道具を運び出したあとも、狭い狭い狭いままだった。がらんとした部屋にたたずんだ伯父さんは、ここでおふくろは俺たちを育ててくれたんだ、俺たちが家を出たあともここで何十年も一人暮らしをしてきたんだ、と思って男泣きをして、何日か前にそれを電話で聞いたお父さんも、子どものように泣いた。

だったら、おばあちゃんを引き取って、一緒に暮らしてあげればいいのに――。

ときどき思う。

思うだけで、なにも言わない。

そういうことを無邪気に、残酷に、口に出してしまうほど、わたしも子どもではないから。

ロンロンが死んだことも、同じ。

家族みんなで相談して、おばあちゃんにはそれを伝えないことに決めた。

できれば、おばあちゃんにはなにも知らないままでいてほしい。

だから――。

「ねえ、昨日のレンタル猫のことなんだけど……どうする?」

わたしが声をかけると、お父さんもお母さんも弟も一斉に振り向いた。言葉はなくても、その表情で、満場一致――だった。


お父さんは、金曜日は朝から会社を休んで、おばあちゃんを迎えに行くことになった。

お母さんは、「ウチで寝てもらうのは、もうこれが最後だから」と、おばあちゃんのために羽毛布団を新調した。

ふだんは大学の友だちと夜遅くまで遊びほうけている弟も、お父さんに「おばあちゃんのいる間は、晩ごはんはみんなで食べるんだから」と釘を刺されてしまった。

もちろん、わたしだって、ふだんどおりではいられない。

「まあ、ヒロミにまで会社を休めとは言わないけど……金曜日は早退してくれ、いいな」

お父さんが言う。

「遅めの夏休みを取るひとがいるから、ひとが足りなくて忙しいのよ、この時期」と言っても、「こんなときぐらい家庭の事情を優先させてもらえないような会社なら辞めろ辞めろ」と押し切られた。

お母さんからも、リクエストが飛んだ。

二泊三日のどこかで、我が家に招いてほしい客がいる。

「ほら、長野さん、おばあちゃんはまだ一度も会ってないんだし、ちゃんと紹介してあげなさい。そうすればおばあちゃんも安心するし、それに、なんていうか……結婚式まで、わかんないでしょ、おばあちゃんは……」

まいった。

これは、ほんとうに……。

長野さんは、わたしの恋人。結婚前提のお付き合いってやつで、六月頃には両親にも会ってもらった。

でも、夏を挟んで、どうもわたしたちは人生の伴侶にはなれないかもしれない、という展開になっていた。別れ話がはっきりと出たわけじゃないけど、もう半月近く、電話もメールもしていない。

「ああ、そうだなあ」

お父さんはお母さんのアイデアに嬉しそうにうなずいた。

「長野くんを連れてくれれば、おふくろも喜ぶよなあ。ヒロミの縁談のことは、去年も心配してたんだし」

「でしょう?」

お母さんは得意そうにお父さんに応え、わたしを振り向いた。

「あんたも三十近いんだから、こういうのが一番のおばあちゃん孝行なのよ」

それは、わたしだって思う。

でも、三十近いからこそ、結婚にあたって譲れないことは——絶対に、断じて、誰がなんと言おうと、ある。

「じゃあ、長野さんに予定空けてもらっといてね」

お母さんは一人で話をまとめた。

「そうだよなあ、おふくろは施設に入って、ロンロンは死んで、ヒロミが結婚だもんなあ……時の流れっていうのは、なんだな、早いもんだな、うん……」

お父さんは一人でしみじみとしてしまった。

「ねえ、でもさ、姉ちゃん、最近、長野さんと会ってんの?」

弟が、グサッとくることを、無邪気に、残酷に、唐突に、無神経に、訊いてきた。

わたしは思わず「会ってるよ、会ってるに決まってるじゃん」と答えてしまった。

翌週の金曜日。

会社を午後イチで早引けして、身代わりのロンロンをショップから引き取って、家に連れ帰った。

バスケットから出たロンロンは、ゆっくりと背中を伸ばして、リビングを興味深そうに眺め渡した。

「うーん……」

お母さんが首をひねった。「やっぱり写真で見た印象とは違うわね、実際に家に来てみると」と言って、壁に掛かった本物のロンロンの写真と見比べる。

わたしも同じことを思っていた。

お店で見たときには「七割ぐらい似てるかな」という感じだったのに、我が家のリビングにいると、本物のロンロンの記憶がよみがえってくるぶん、似ている割合が五割ほどに下がってしまった。

「でも、お母さん、もう遅いよ、いまさら」

「それはそうだけど……」

「このまま押し通すしかないってば」

「おばあちゃん、勘がいいひとだからねえ、だいじょうぶかなあ……」

「そんなこと、いまさら言わないでよ。もうすぐおばあちゃん来ちゃうんだから」

と言ったそばから――玄関のチャイムが鳴った。

2

おばあちゃんは、わたしの予想以上に年老いていた。顔を見るのはお正月以来八カ月ぶりだけど、何年ぶんもいっぺんに年をとってしまったみたいだ。

体が縮んで、顔がしわくちゃになって、髪が薄くなって、足が細くなって……なにより、目がアウト。玄関からリビングに入るときもお父さんに肩を抱かれ、手を引かれて、だった。

もう、ほとんど見えていないらしい。

だから――身代わりロンロンの正体が、少なくともタビーの柄から見破られることはなかった。ソファーを背もたれにして、床にじかに座ったおばあちゃんは、にゃあ、と鳴いてすり寄るロンロンを嬉しそうに膝に抱いた。ロンロンのお芝居もばっちり――って、本人にお芝居をしてるつもりなんかないんだけど――ついでに「本人」っていう言い方もヘンだけど。

まあ、とにかく、身代わりロンロンとおばあちゃんとの顔合わせはうまくいった。さすがにペットショップの店長が「人見知りするような猫はブランケット・キャットにはなれませんから」と言っていただけのことはある。

「今日は、おばあちゃんの好きな鮎を煮てますから」とお母さんが言った。

落ち鮎の甘露煮が、おばあちゃんの大好物なのだ。顎の弱ったおばあちゃんのために、いつもより時間をかけて、煮崩れるほどやわらかくした。もっとも、口を耳元に近づけて何度も言い直さないとお母さんの言葉を聞き取れなかったおばあちゃんを見ていると、もう晩ごはんの献立がどうこうっていう段階じゃないのかな、とも思う。

おばあちゃんを迎えた直後はにぎやかだったリビングも、ほどなく静かになった。おばあちゃんはもともと無口なひとだし、おばあちゃんに通じるよう、言葉を単純にして、大きな声で、ゆっくりしゃべっていると、なんだか妙に疲れてしまう。

お母さんは夕食の支度を口実にキッチンに入ってしまい、「荷物、置いてくるよ」とリビングの隣の和室に入ったお父さんも、「テレビの調子見なくちゃなあ」なんて聞こえよがしに言ってテレビのスイッチを点けて、そのまま戻ってこない。リビングにはわたしだけ残されてしまった。こうなってしまうと、わたしまで部屋を出ていくのはナンだし、弟はまだとうぶん大学から帰ってきそうにないし……。

「おばあちゃん」

声をかけた。話があったわけじゃなくて、沈黙の重さから逃げたくて。

おばあちゃんはロンロンを膝に抱いたまま、なに？　というふうに振り向いた。

「あのさ……えーと、うん、なんていうか……ひさしぶりでしょ」

あたりまえだ。

おばあちゃんは黙って、かすかに頬をゆるめた。

「ロンロン、かわいいよね」

なに言ってるんだろう。

おばあちゃんは頬をゆるめたまま、ロンロンの背中を撫でた。

「去年とちっとも変わってないでしょ、ロンロン」

墓穴を掘るな、自分で――。

おばあちゃんの反応はなかった。べつに相槌を打つような話じゃないし、そもそも聞こえていなかったのかもしれない。

ちょっとホッとして、緊張が解けると逆に急に不安にもなって、「わたしも晩ごはんの支度、手伝ってくるねーっ」と子どもみたいに言ってキッチンに向かった。

逃げ出したような格好になってしまった。


キッチンでホウレンソウのおひたしをつくっていたお母さんは、「なんでここに来ちゃうの?」とわたしを責めるように言った。「晩ごはんはお母さんがするから、あんたはおばあちゃんの相手してて」

ずるい、そんなの。

わたしは唇をとがらせて、冷蔵庫のドアを開ける。麦茶を出してグラスに注ぐ。麦茶の季節も、もうすぐ終わりだ。おばあちゃんは来年の麦茶を飲むことができるんだろうか。

お母さんは茹で上がったホウレンソウを絞って水気を切りながら、ため息交じりに「大変だったみたいよ、伯父さんの家でも」と言った。

「……どんなふうに？」

「たとえば、シモの世話とか、そういうこと」

「って、おしっことか？」

お母さんは黙ってうなずき、ホウレンソウをまな板に載せた。

「『大』のほうも？」

返事の代わりに、ホウレンソウを刻む包丁の音が、ふだんより大きく聞こえた。

わたしは麦茶を一口飲んで、「ほかには？」と訊いた。

「ときどき、わからなくなっちゃうみたい。自分がなんでここにいるのか、ここにいるひとは誰なのか……伯母さんが預かってたときには、夜中に徘徊したこともあるんだって」

預かってた——の言い方が、ちょっと嫌だった。でも、それにムッとするのは、責任を背負わないきれいごとだということぐらいは、自分でもわかる。

「おばあちゃん、施設に入ること、納得してるのかなあ」

「……どうなんだろうね」

伯父さんが筋道を立てて話すと、きちんと理解する。もう一人暮らしは危ないし、といって三人の子どもの家ではどこも同居はできない。ちゃんとわかっている。施設のパンフレットを見たり下見に出かけたりしたときには、「友だちをたくさんつくらないとねえ」と前向きに言うこともある。

でも、それで安心していたら、不意におばあちゃんは、ひとが変わったように伯父さんを罵倒して、施設になんか絶対に行かない、捨てられるぐらいなら、この家で死んで一生呪ってやる、とまで言う。

「惚けてきたひとには、よくある話らしいんだけど……そこまで言われちゃうと、お義姉《ねえ》さんもまいっちゃうよね。なんかもう、最後のほうは、お義姉さんも実家に帰っちゃって、離婚するだのしないだの、たいへんだったみたいよ」

「どっちが本音なんだろうね、おばあちゃんの」

わたしの言葉を、お母さんは「さあ……」と苦笑して受け流した。

惚ける——というのは、テレビや本で知っているし、惚けの出てきた親と同居している会社の上司も、しょっちゅう愚痴っている。でも、実際におばあちゃんを見ていると、なんだかわからなくなる。施設に行くのを受け容れるおばあちゃんが「まとも」なのか、施設には絶対に入らないと言い張るおばあちゃんが「まとも」なのか……もっと考えていけば、自分の親を施設に入れるのは「まとも」なことなんだろうか……。

「それより、ヒロミ」

お母さんは食器棚から小鉢を出しながら言った。「長野さん、いつ来るって?」とつづけ、「明日の夜でいいわよね」と勝手に話をまとめてしまう。

「ちょっと待ってよ、まだ……」

「都合訊いてないの?」

「……うん」

「なにしてるのよ。おばあちゃんと会うの、明日の夜しかないんだから」

「でも、あのひとだって、わりと忙しいし」

「それはわかるけど、無理を聞いてもらってよ、ね？　ほんとうに、おばあちゃん、ヒロミがお嫁さんになるの楽しみにしてたんだから。最後におばあちゃんを喜ばせてあげようよ、ね？　ね？」

幼い子どもをなだめすかすように言う。

わたしは麦茶の残りを一気に飲み干した。

長野さんには、まだ電話もメールも入れていない。お母さんには「ごめん、彼、この週末は出張なんだって」とごまかすつもりだった。でも、おばあちゃんの話を聞くと、胸の奥がちくりと痛む。嘘をつくのって、やっぱりひきょうだな、と思う。

じゃあ、電話してみる——と言いかけたら、リビングからロンロンの鳴き声が聞こえた。

ふにゃあ、ふにゃあ、ふにゃあ、とたてつづけに三度。

どうしたんだろう、とお母さんと顔を見合わせた。悪い予感がした。ご機嫌になって甘える、そんな声ではなかったから。

わたしより先に、お父さんが和室からリビングに入った。「どうした？」と声が聞こえ、「おふくろ、どう？」とつづいて……それっきり、だった。

お父さんは黙ってキッチンに来た。こわばった顔をしていた。わたしをちらりと見て、気まずそうに目をそらして、もっと気まずそうに、お母さんに声をかけた。

「悪いんだけど……雑巾あるかな」

「どうしたの？」

「おふくろがさ、ちょっと、うん……」

　ははっ、と空笑いを挟んで、「おしっこ、しくじっちゃったんだ」と早口に言った。


　夕食前に、自分の部屋に入って、長野さんのケータイにメールを送った。

〈時間があればＴＥＬください〉

　無視されるかもしれない、と覚悟していたけど、五分もたたないうちにコールバックが来た。

　声を聞くのはひさしぶりだ。ちょっと不機嫌そうにも、聞こえてしまった。

　わたしはおばあちゃんが二泊三日で我が家へやってきた事情を説明した。これがおそらく最後になるだろう、ということも話した。

　でも、肝心なことが、言えない。

「それはよくわかったけど……で、俺にメールしてきたのって、そのこと？」

「あのね……っていうか、もう、ぜんぜん気にしなくていいし、ウチの両親が勝手に言ってるだけなんだけど……」

　われながら情けない前置きだった。「わたしとしてはそんなことしなくていいと思うんだけど」なんて一言まで付け加えてしまった。

「だから、なに？」

長野さんの声に微妙ないらだちが交じった。

「明日の夜、食事に来ませんか、って……両親が言ってるんだけど」

長野さんは黙っていた。

「ほら、なんていうか、おばあちゃんに紹介したいみたいなの。とにかくもう最後だと思うから、おばあちゃん孝行っていうか」

返事はなかった。

怒ってる、だろうな。

なんで俺が行かなくちゃいけないんだ、と言いたいんだろうな、本音では。

もう俺たちはなんの関係もないんだから——とも言いたいのかも、しれない。

長野さんは黙り込んだままだった。

その沈黙の重みに耐えきれなくなって、わたしは「ごめんなさい、適当に理由つけて断っとくね」と言って、すぐに電話を切った。

言葉に出して別れたわけじゃないわたしたちだったけど、このやり取りで、ほんとうに終わったんだな、と実感した。

階下からテレビの音が聞こえる。耳の遠くなったおばあちゃんのために、お父さんはテレビのボリュームをうんと上げた。音だけ大きくしても、おばあちゃんは目が悪くなったんだからどうしようもないのに。気まずさをテレビの音で埋めようとしているんだろうか。これもせいいっぱいの親孝行のつもりなんだろうか。おばあちゃんが粗相したあとの服や下着は、お母さんが「あとで洗っとくからいいわよ」と言うのに、お父さんが自分で洗った。リビングの床を拭いたお母さんに、くどいほど「悪いなあ、悪いなあ」と謝っていた。

お父さんはおばあちゃんが好きだ。まだおばあちゃんが元気だった頃は、ときどきお母さんに「あなたはマザコンだから」とからかわれていた。ずっと苦労してきたおばあちゃんに幸せな老後を送ってほしい――お父さんは絶対にそう思っているはずで、伯父さんや伯母さんもそれは同じはずなのに。

弟が大学から帰ってきた。リビングが少しにぎやかになる。もうすぐ晩ごはんだ。

なんか、おばあちゃんの顔を見るの、つらいな、と思った。

ケータイが鳴った。メールではなく、電話の着信音だった。液晶画面の発信者表示は――〈長野〉。

「ごめんごめん、電波の調子が悪くて、切れちゃって」

勘違い?

それとも、わざと?

「さっきの話なんだけど……っていうか、その前に、俺たちのこと、まだお父さんやお母さんには話してないの?」

今度はわたしが黙り込む番だった。なにも答えないことが、答えになる。

長野さんは「そっか……」とつぶやいて、「でも、なんなんだろうな」と笑った。「ほんと、なんで俺たち、こんなになっちゃったんだろう」

わからない。

これ、という理由があったほうが楽だった。

無理やり言葉にしてしまえば、「なんとなく」としか言えない。わたしは長野さんと夫婦に――というより「家族」になることが、なんとなく億劫だった。長野さんも同じことを感じていた。

気の早いマリッジ・ブルー？　でも、マリッジ、結婚というレベルにも達していない、と思う。

言ってみれば、ファミリー・ブルーっていう感じだろうか。

「きみは、やり直してみようかって気はない感じ？」

長野さんが訊いた。そのまわりくどさが、たぶん、長野さんの本音を伝えてくる。

わたしは自分を叱りつけるようにして、言いたくない言葉を並べた。

「……結婚するんだったら長野さんだと思うけど、なんか、その、結婚するとか家族になるとか、そういうのがイメージできなくなっちゃったのよ」

長野さんは思いのほか素直に「うん、わかるよ」と言ってくれた。

「……あと、親子とかもわかんなくなっちゃった、おばあちゃんを見てると」

もっと言うなら――長生きをすることが幸せなのかどうか、だって。

話が途切れた。

階下のテレビの音がうるさい。

「俺、明日の夜、行くよ」

長野さんは不意に、そう言った。

「でも……そんなの、悪い……」

「いいよ。結婚前提に付き合ってます、っておばあさんの前では言えばいいんだろ？　嘘じゃないんだから。結婚は前提なんだけど、その前提がどこかに行っちゃって、見失っただけなんだから」

「……やっぱり、嘘だよ、でも」

「おばあさん、きみが結婚するのを楽しみにしてるんだろ？　じゃあ、その嘘はべつに悪い嘘じゃないと思うけどな」

長野さんは「とにかく明日、行くから」と言って、電話を切った。

身代わりのロンロンに、身代わりの恋人。

おばあちゃん孝行だなんて言いながら、ほんとうは、おばあちゃんを裏切っているんだ——と噛みしめた。

3

夕食は、ダイニングではなく、リビングでとった。ソファーセットのガラスのテーブルに二階の押し入れから出したコタツを並べて、床にぺたんと座り込む。おばあちゃんが来たときは、いつもそうする。

にぎやかな食事になった。お父さんもお母さんもよくしゃべった。テレビがなくても平気なほど、話題は尽きなかった。

でも、二人の声はなにか妙に甲高く、笑い方もちょっとオーバーだった。特にお父さん。しょうがないだろ、おばあちゃんは耳が遠いんだから——とお父さんは言うだろうか。それだけじゃないでしょ、とわたしが言い返すと、お母さんならどんなふうにお父さんをフォローするだろう。

最初は一緒になっておしゃべりしていたわたしも、途中から両親のテンションの高さについていけなくなって、聞き役に回った。冷静に聞いてみると、二人の言葉はそんなにちゃんと嚙み合っているというわけじゃなかった。お父さんはお父さんで子どもの頃の思い出話を繰り返して、お母さんはお母さんで料理の味付けのことばかり話す。おばあちゃんが返事をして言葉が何往復かするときもあるけど、ほとんどは、お父さんかお母さんがしゃべって、それでおしまい。譬《たと》えるなら、ゲーセンのシューティングゲームだ。標的に命中しなかった弾が画面の奥に吸い込まれて消えていく——そんな感じ。

チャリーン、と鈴の鳴る音がした。弟のケータイにメールが着信したのだ。

いつものことなのに、話の腰を折られたお父さんは急に不機嫌な顔になって「なにやってるんだ、飯のときは電源切っとけよ」と弟を叱った。お母さんも「そうよ、せっかくみんなでごはん食べてるのに」と憮然とした顔になった。

ああ、そういうことか、と納得した。と同時に、背中がすうっと冷えていくのがわかった。一家団欒《だんらん》の楽しい夕べ、なんだ、いまは。遠来のおばあちゃんを迎えて、和気あいあいとした時間を演出したいんだ、二人とも。

施設に入ってしまうおばあちゃんに最後の楽しい思い出をつくってあげたいから?

それとも、難しい言葉をつかうなら、おばあちゃんへの、せめてもの贖罪《しょくざい》――?

どっちにしても、そんなのずるいよ、と思う。

おばあちゃんは、にこにこ笑いながらごはんを食べている。

でも、座布団の上には、透明のビニールシートが敷いてある。伯父さんが「これを使え」とお父さんに貸してくれたらしい。目が悪くなって、食べ物をすぐにこぼしてしまうから。そして、はいているジャージの下には、紙おむつ。これも伯父さんが「持っていけ」と渡してくれた。夜になると特に、粗相をしてしまうことが増えるから。

長生きなんかしたくないなあ、と思った。

ほんとうに、心の底から。

死ぬことが怖くて、いつか自分も死んじゃうんだと思うだけで泣きそうになっていたのは、いつ頃までだっただろう。どんな病気もすぐに治してくれる薬ができて、みんな死ななくなればいい――そんなことを夢見ていたこともあったのだ。

食事を先に終えたロンロンが、にゃあ、と小さく鳴きながら、わたしの背中に回り込んだ。

「ロンロン、ごはん美味しかった?」

にゃあ、と鳴く。ほんもののロンロンなら、ちょっとした鳴き声の違いでご機嫌かどうかを聞き分けられたけど、身代わりのロンロンの声からはなにもわからない。

そもそも、「ごはん」が違う。ほんもののロンロンは魚の干物をむしったのをご飯に載っけたのが大好きだったけど、身代わりのロンロンは、レンタル先によって食べ物が変わると体調を崩すからという理由で、ドライタイプのキャットフードしか食べないようしつけられている。

それでも、身代わりのロンロンの顎の下をくすぐっていると、そのやわらかい感触はほんもののロンロンとよく似ていた。なつかしい。ロンロンはこういうとき、もっとくすぐって、というふうに顎を上げたんだよなあ……と思いだしていたら、身代わりのロンロンも同じように上を向いた。ちょっと嬉しくて、ちょっと悲しくなった。


ロンロンは十二歳で死んだ。まあ、そこそこ長生きのほうだったと思う。肺水腫に急性腎不全を併発して尿毒症になったのが直接の死因だったけど、死ぬ前の半年ほどは、急に年老いて、体が弱ってしまっていた。動きが鈍くなって、目やにやよだれが止まらなくなり、おしっこを漏らすようにもなって……いまにして思えば、惚けが始まっていたのかもしれない。

猫にも惚けはある。本には「それは人間が勝手に解釈しているだけだ」と書いてあるものもあるけど、すでに四匹の猫を看取った上司の原田部長は「ほんとだぞ、ほんとに惚けちゃうんだ、俺にはわかる」と力説する。ひどく惚けてしまうと、自分がごはんを食べたこともわからなくなって、何度も何度も餌台に向かってしまうのだという。

ロンロンは、そこまでは至らずに死んだ。最期は、小さく刻んだツナをスプーンに半分、美味しそうに食べて、目をつぶった。

わたしは、それを、幸せだと思う。

弟が目配せしてきた。

こわばった表情だった。

お父さんはまだ空回りのおしゃべりをつづけていたけど、相槌を打つお母さんの様子も、ちょっと変だった。

どうしたの？　と目で聞き返すと、弟は声を出さずにゆっくりと口を動かした。

お、ば、あ、ちゃ、ん。

おばあちゃんが、なに——？

や、ば、い。

なにが——？

め、し。

言われて初めて気づいた。

おばあちゃんは、大皿に盛ったお刺身をほとんど一人で、ツマの海藻まできれいに食べ尽くそうとしている。箸の休まるときがない。しかも、お刺身を醤油につけずに口に運ぶときだって、何度も。

「おばあちゃん、サラダもありますよ」

お母さんが気をそらそうとして声をかけると、今度はサラダを、ボウルから直接——ドレッシングもかけずに。

お父さんも、さすがにおしゃべりを止めた。

「……おかあさん、サラダ、もういいんじゃないか」

無理して軽い声をつくるから、裏返ってしまった。

おばあちゃんの返事はない。サラダボウルを手元に引き寄せて、黙々と、がつがつと、レタスを頬張っていく。

「おかあさん、ほら、もうやめろって」

お父さんの声はますますうわずってしまう。

おばあちゃんは逆に意地を張ったように……いや、たぶん、意地を張るという自覚すらなく、レタスを食べつづける。

「やめろって言ってるだろ！」

お父さんがサラダボウルに手を伸ばすと、おばあちゃんはボウルを両手で抱きかかえて、「泥棒するな！」と叫んだ。

にらんでいた。口元を震わせていた。まなざしも、表情も、まるで悪人たちからサラダを守ろうとするみたいに、敵意に満ちていた。

中腰になってお父さんを止めようとしていたお母さんは、その場にへたり込んで啜り泣いた。

お父さんは八つ当たりして「うるさい！　おまえが泣くな！」とお母さんに怒鳴る。

そこにタイミング悪く、弟のケータイにまたメールが着信して、今度はお母さんが「電源切りなさいって言ったでしょ！」と涙声を張りあげた。

最悪だ。つくりものの一家団欒は、あっけなく粉々に砕け散ってしまった。

おばあちゃんは一息つくと、急に憑き物が落ちたみたいに、サラダボウルから手を離した。目を何度も瞬かせ、指でこすりながら、しきりに首をひねる。また、目がよく見えなくなってしまったんだろうか。

そのときだった。

わたしのそばにいたロンロンが、テーブルの下にもぐって、おばあちゃんに近づいていった。

にゃあ、にゃあ、と軽く鳴く。

一瞬――ほんもののロンロンを思いだした。ロンロンは、一緒に遊んでほしいとき、いつもそんなふうに鳴いていたのだった。

おばあちゃんは「こっちにおいで」と嬉しそうに笑って、ロンロンを両手で抱き取った。体形も、体の重さも、タビーも、ほんもののロンロンとは微妙に違う。でも、おばあちゃんにはそれはわからないようで、昔と同じようにロンロンを膝に乗せて、背中をいとおしそうに撫でていた。

ちょっとホッとした――のも束の間、背筋に冷たいものが走った。

昔と同じように。

昔のおばあちゃんは、晩ごはんのときに必ず、ロンロンを相手にすることがあった。

昔と同じように。

それをやられては、困る。

わたしはあわてて「ロンロン、おばあちゃん重いって言ってるよ、こっちおいで」と声をかけた。

すると、なにも知らないお父さんはわたしをにらんで「いいだろう、おばあちゃんがそれでいいって言ってるんだから」と叱る。最悪だ、ほんとうに。

おばあちゃんはロンロンの背中をひとしきり撫でたあと、ああそうだ、とお刺身の皿に目をやった。

思いだしたわけだ、昔のことを。

ロンロンの大、大、大好物を。

マグロの中トロを指でつまんだおばあちゃんは、それを半分に嚙みちぎった。

「ロンロン、はい、お魚ですよお……」

手のひらにマグロを載せて、ロンロンの口の前に持っていった。

食べて――。

わたしは祈る。

お願い、食べてあげて――。

一心に、祈る。

ロンロンはマグロのにおいを嗅ぎ、ちょっと首をかしげてマグロを見つめていた。

お願い、おばあちゃんのために食べて――。

食べなかったら、身代わりがばれてしまう。そっちも心配だったけど、それ以上に、おばあちゃんがロンロンをかわいがる気持ちを、身代わりのロンロンにも受け止めてほしかった。

でも、ロンロンは、すぐにマグロに興味をなくしてそっぽを向いてしまった。

わたしと目が合った。

お願い——！

ロンロンはしばらくわたしから目をそらさなかった。

わたしも、ロンロンをじっと見つめる。まなざしにせいいっぱいの思いを込めた。ショップの店長が言っていた「ブランケット・キャットはみんな、怖いぐらいに頭がいい猫たちなんです」という言葉に、いまはただすがるしかなかった。

ロンロンは小さく、にゃあ、と鳴いた。

首をちょっと伸ばしながら、マグロを振り向いた。首をさらに伸ばす。くんくん、とあらためてにおいを嗅ぐ。さらに、首が伸びる。舌が出た。マグロに触れた。

そこから先は、早かった。

あっという間に、マグロはロンロンの口の中に収まって、ほとんど嚙む間もなく喉へと送られていった。

「美味しかった？　美味しいでしょう？」

おばあちゃんは嬉しそうに言った。

子どもみたいに屈託のない、やわらかな笑顔だった。

その夜、お父さんとおばあちゃんは和室で一緒に寝た。

おばあちゃんが粗相をしても、すぐにおむつを取り替えてあげるために。ときどき怖い夢にうなされてしまうおばあちゃんの手を握ってあげるために。そして、万が一、おばあちゃんが徘徊しようとしたときに止めるために。

真夜中に、キッチンで物音がした。

自分の部屋でずっと本を読んでいたわたしは、足音を忍ばせてキッチンに下りた。おばあちゃんだったら――たとえば冷蔵庫を漁って食べ物を手掴《てづか》みでむさぼっていたら、わたしはどうすればいいんだろう……。

キッチンにいたのはお父さんだった。

ウイスキーのオンザロックをつくっていた。

わたしに気づくと「悪いな、いろいろ迷惑かけちゃって」と寂しそうに笑う。「でも、明日の夜までで終わりだし、もしどうしてもがまんできなかったら、みんなは明日一晩、ホテルに泊まってもいいぞ」

わたしは黙ってかぶりを振った。

床に就く前に、おばあちゃんは、ここがどこだかわからなくなって錯乱した。早く家に帰りたい、帰らせてください、お願いします、と大声で泣きながらわたしたちに訴えた。なんとかなだめすかしたら納得してくれたけど、それで気が抜けたのか、おしっこを漏らしてしまった。お父さんが紙おむつを取り替えた。お母さんは「わたしがやるから」と言ったけど、「いいんだ」とぎごちない手つきでおばあちゃんにおむつをあてていた。そのときのお父さんの背中は、いつもより一回りもふた回りも小さく見えた。

「ねえ、お父さん……」

「うん？」

「おばあちゃんを引き取るのって、やっぱり無理だよね」

お父さんは苦笑交じりにうなずいた。「お母さんがぶっ倒れちゃうだろ」と付け加えて、「無理なんだよ、現実的に」と、自分に言い聞かせるようにつづけた。

「それでいいの？」

「……なにが」

「お父さんは、それでいいの？」

返事の代わりに、お父さんはウイスキーを啜った。

「明日、長野くんが来てくれるんだよな。悪いなあ、わざわざ」

「話、そらさないで」

「そういえば、あの身代わりの猫、なかなか頭いいんだな。おばあちゃんにもよくなついてたし、ほんとはキャットフード以外食べさせちゃいけないんだろ？　よく食ってくれたよ、あのマグロ」

「ちゃんと話聞いてよ、お父さん」

「聞いてるだろ」

「聞いてないじゃん、ねえ、ほんとに、おばあちゃんのこと、いいの？　施設に入れちゃうって、お父さんの気持ちはどうなの？」

「なあ、ヒロミ、長野くんって次男だったな。親を見るのは大変だぞ。そこのところ、ちゃんと最初に決めとかないと、あとになって長男から次男に押しつけられたら、おまえが大変な思いするんだから」

お父さんは淡々とした口調で言った。

遠くを見つめていた。

「ほんと……大変なんだからなあ……」

つぶやくと、目から涙がこぼれ落ちた。

4

翌朝早く、わたしたちが起き出す前に、お父さんはおばあちゃんを連れてドライブに出かけた。「家族みんなで行こう」という最初の約束を反故にした――でも、その気持ちは、なんとなくわかる。

「だいじょうぶなの？　お父さん一人で」

朝食を食べながらわたしが訊くと、お母さんは「大変かもしれないけど、そのほうがいいのよ、お父さんにもおばあちゃんにも」と言った。「車の中でゆっくり昔話でもすれば、おばあちゃんも喜ぶって」

「無理心中とか」

弟がサイテーのギャグを言った。お母さんの笑顔は一瞬でこわばってしまい、わたしは黙って、朝刊を筒にして弟の頭をはたいた。

「夕方までには帰るって言ってたから」

お母さんは、わたしたちにというより、自分自身に確認させるように言って、「長野さんは何時に来るんだっけ？」と訊いてきた。

「……いちおう、五時にしてるけど」

「お寿司でいい？」

弟が「俺、焼肉とかのほうがいいなあ」と口を挟み、お母さんが「お肉だと、おばあちゃんが食べられないでしょ」とたしなめて、わたしはその隙に「なんでもいいよ」とだけ早口に答えた。

長野さんは、きっとうまくやってくれるだろう。おばあちゃんが我が家で過ごす最後の夜の思い出を、とびきり楽しいものにしてくれるだろう。優しいひとだ。両親やわたしを決して悲しませたりはしないはずだ。

でも――その先がわからないまま、ただ、「でも」だけが、ぽっかりと頭の中に浮かんでいる。

でも――でも――でも――。

お母さんが不意に笑った。ほら、見て、とリビングのソファーを指さした。

ロンロンが、新聞の折り込み広告の下に潜り込んでいた。ほんもののロンロンも、折り込み広告をトンネルみたいにして遊ぶのが大好きだった。

「身代わりなのに、よくわかってるよなあ」と弟が感心して言うと、お母さんも「なんかねえ、最初にウチに来たときは、やっぱり別の猫なんだなあって思ったんだけど、どんどん昔のロンロンに似てきた気がするのよ」と言った。

弟とお母さんのやり取りはつづいた。

「縞模様も、いつの間にかロンロンとおんなじになってたりして」「やだぁ、そこまでいくと怖いわよ」「ロンロンの霊が乗り移ってる、とかさ」「なに言ってんの、もう」……。

広告の下に体を隠して、お尻だけこっちに見せているロンロンを、わたしはぼんやりと見つめる。

ブランケット・キャットを借りてきてよかった。あと一日、この調子なら正体がばれることなく、おばあちゃんを喜ばせてくれるだろう。

でも——でも——でも——。

頭の中に浮かんだ「でも」は消えない。

「お寿司、特上にするからね」とお母さんは笑いながら言った。

お父さんとおばあちゃんはお昼過ぎに帰ってきた。「海を見てきたんだ」とお父さんは言った。おばあちゃんが入る老人ホームは、山のほうの温泉地にある。一度施設に入ってしまうと、海を見ることは、もうないのかもしれない。

おばあちゃんは最初、わたしたちのことがよくわかっていなかったみたいで、「どうもお世話になります、よろしくお願いいたします」とていねいに挨拶をした。でも、リビングに入ってロンロンの姿を見ると、はっと我に返ったように、いつものおばあちゃんになった。

「長野くんの前で赤い顔してたらカッコ悪いんだけど……」

言い訳しながら、お父さんは冷蔵庫から缶ビールを出した。キッチンで立ったまま、ごくごくとビールを飲んで、ようやく人心地ついたみたいに「あー、疲れた」と笑った。

「どうだった？」お母さんが小声で訊く。「おばあちゃん、だいじょうぶだった？」

「ああ……車の中ではほとんど寝てたよ」

「海、喜んでた？」

「泣いた」

「……そう」

「ずうっと昔、兄貴と姉貴と俺の三人を海水浴に連れていってくれたんだ、おふくろが。一度きりだよ。俺が、行きたい行きたい行きたいってねだったんだ。そうしたら、おふくろ、仕事を無理して休んでくれて、大きなおにぎりをたくさんつくってくれて……あのおにぎり、美味かったんだよなあ、ほんと……」

お父さんはビールの残りを一息に飲み干して、「おふくろにその話をしたら泣きだしたんだ」と言った。

懐かしくて泣いたのか、かわいがってきた子どもたちと別れて施設に入ることが悲しくて泣いたのか、お父さんの話だけではわからない。お父さんもわかりたくないんだろうな、という気がした。

おばあちゃんはリビングのソファーにちょこんと座って、ロンロンを抱っこしている。小さな声で、ささやくように、子守歌を歌う。ロンロンは身じろぎもせずに目を閉じて、じっとその歌に聴き入っていた。

駅に着いたら電話するから、と言っていた長野さんがケータイを鳴らしたのは、夕方四時過ぎだった。まだ一時間近く余裕がある。「よかったら駅前の喫茶店でお茶でも飲まないか」——わたしも、そのほうがいいと思う。

急いで家を出て、待ち合わせの喫茶店に入った。こっちこっち、と窓際の席から手を振ってくる長野さんの笑顔から、思わず目をそらしてしまった。

申し訳なさがある。やっぱり、それはもちろん。でも、「ごめんなさい」を繰り返すわたしに、長野さんは笑ったまま、「謝ることないじゃないか」と応えた。

「でも……」

「百パーセントの嘘、だと思う？　俺たちがやってること」

言葉に詰まった。あいまいにうなずきかけて、途中でそれを止めて、またあいまいにかぶりを振ろうとしたけど、今度も顎の動きは途中で止まってしまう。

「五十パーセントはお芝居でも、俺、残り五十パーセントは本気でいいんだと思う」

「……うん」

「結婚する気、まだ少しは残ってるんだろ？」

ゼロ——ではない。

だけど、五十パーセント——ほどは、ない。

黙り込んだわたしに、長野さんは笑顔を消さずにつづけた。

「もしも、の話をしていい？」

「え？」

「もしも俺たちが結婚して、ずーっと夫婦でいて、子どももできて、孫とかも生まれて……それで、俺が惚けちゃったら、どうする？」

「どうする、って……」

「俺、施設に入れてくれていいから。ぜんぜんオッケーっていうか、そのほうがいいんだ。迷惑かけたくないんだよな、カミさんとか子どもに。なんていうか、自分が好きなひとが、自分のために悲しい思いするのって、見たくないし」

いいひとだ、と思う。

優しいひとだし、きっと、いまの言葉は形だけのものではないだろう。

でも——でも——でも——。

頭の中に浮かんだ「でも」が、ゴム風船みたいにふわふわと揺れる。目に見えない壁にぶつかって、はじかれて、そのたびにわたしの瞬きは重くなる。

「ねえ」わたしは顔を上げた。「そういうのって、身勝手じゃない？」

長野さんはきょとんとして「なんで？」と聞き返す。

「だって……いまの話って、奥さんとか子どもとか孫の気持ち、ぜんぜん考えてない」

「考えてるよ、考えてるから、惚け老人の世話なんかさせたくないって言ってるんだよ」

「……なんで決めるの？」

「なにが」――長野さんの声がとがった。

「だから、なんで世話なんかさせたくないって決めちゃうわけ？　そんなのわかんないじゃない、介護って絶対に、死ぬほど大変だと思うけど、そっちより親を施設に入れちゃうほうがもっと悲しいひとだって、いるよ」

ゆうべのお父さんの顔が浮かんだ。おばあちゃんの紙おむつを取り替えるときの、小さくなった背中も。

「……長野さんは、もし、自分のお父さんやお母さんが施設に行くって言ったら、平気なの？　笑って見送れるわけ？」

「そりゃあ、平気なわけないけど……でも、しょうがないだろ、現実問題として、施設に行くほうがみんなが幸せな場合はあるんだし、そっちのほうが多いんだから。ヒロミの家だってそうだろ？　結局おばあさんを施設に入れるんだろ？　しかたないんだよ、そのほうがヒロミの家だって幸せなんだし、おばあさんにとっても、絶対に……」

「絶対に、なんて言わないで！」

まわりのお客さんが驚いて振り向いた。

長野さんはムスッとして、コーヒーを啜る。「そういう、言葉尻で文句言われても困るんだけど」とつぶやく声は、すっかり不機嫌になっていた。

確かに、言葉尻をとらえているだけかもしれない。自分でも思う。現実の問題を考えていけば、長野さんの言っているほうが正しいんだろうな、とも認める。

でも——でも——でも——。

わたしは、長野さんにもっと困ってほしかった。悩んで、迷って、「どっちが幸せなんだろう……」とつぶやいてほしかった。

それになんの意味がある？　と言い返されると、黙り込むしかないのだけど。

「まあいいや」長野さんは気を取り直して、さっきと同じ笑顔を浮かべた。「そろそろ行こうか」

「……うん」

「心配要らないって、俺、ちゃんとできるから。ヒロミもがんばって、おばあさんを安心させてあげないとな」

長野さんは、笑みをいっそう深くした。

家に帰ると、リビングのテーブルにお寿司の大きな桶が載っていた。そのまわりにお母さんの手料理の小皿も並んで、おばあちゃんが我が家で食べる最後の夕食が、もうすぐ、始まる。

「あれ？　長野さんは？」

怪訝《けげん》そうに訊くお母さんにかまわず、ソファーに座ったおばあちゃんの前に向かった。お酒の用意をしていたお父さんも「一人なのか?」と訊いてきたけど、返事はしなかった。喫茶店のレジで長野さんが支払いをしている隙に、走って逃げた。ひきょうだ。サイテーのことを、してる。わかってる。でも——でも——でも——。

「おばあちゃん」

声をかけると、おばあちゃんはゆっくりと顔を上げた。笑っていた。透き通った笑顔で、「こんにちは」と挨拶した。

「あのね、おばあちゃん……ごめんね、今日ね、わたしの彼氏連れてくることになってたんだけど、ごめん、ほんと、わたし、そのひととやっぱり結婚しないと思うのね、だから、連れてくるのやめちゃったんだよね……」

お父さんもお母さんも弟も、口をぽかんと開けて、わたしを見た。

おばあちゃんは笑顔のまま、だった。

わたしがどこの誰だかわかっていない笑顔——だった。

お父さんたちを振り向いて、「ま、そーゆーことなんで、よろしく」と必死に軽く言った、そのときだった。

「喧嘩すればいいんですよお、若いひとは」

おばあちゃんは、歌うように言った。「喧嘩しないとだめですよお、夫婦になるんだったら、ほんとうにねえ」——ふわっ、ふわっ、と浮き上がるような声で、にこにこ、にこにこ、ほんとうに透き通った笑顔を浮かべて。

なにか応えたかったけど、しゃべろうとすると、声の代わりに涙が出てしまいそうだった。

テーブルの下にもぐっていたロンロンが、ぴょん、とソファーに飛び乗った。甘えて喉を鳴らしながら、おばあちゃんの膝に抱きついた。「はい、ロンロン、こっちにおいで」とおばあちゃんは応える。テレビのチャンネルが切り替わるように、現実の世界に戻ってきたようだ。さっきの長野さんの話は、聞いたそばから記憶の外に流れ出てしまったのかもしれない。それでもいいや。わたしはたぶん、おばあちゃんにではなく、わたし自身のために言いたかったんだろうから。

「おばあちゃん、ロンロンといるとご機嫌だね」とわたしは言った。

そりゃあもう、というふうにおばあちゃんはロンロンの背中を撫でながらうなずいた。

「この子は優しい猫だからねえ。ほんとうに優しいよ、いい子だよ」

まるで言葉の意味が通じたみたいに、ロンロンは円い声で鳴いた。

「優しいねえ、あんたは優しいよねえ……ありがとうねえ……」

一瞬、ひやっとした。

お父さんたちの視線も揺れた。

まさか――。

おばあちゃんはロンロンの体を両手で起こして、胸に抱き直した。

「ありがとう、ほんとに……」

ロンロンに言って、わたしたちを振り向いて、もう一度同じ言葉を繰り返した。

ありがとう。

笑顔も、声も、おばあちゃんの体すべてが、透き通って消えてしまいそうだった。

お父さんがうめいた。振り向かなくても、涙をこらえているんだとわかる。

「優しいねえ、みんな、優しいよねえ……」

おばあちゃんの声は、またロンロンに注がれる。

わたしたちは、ほんとうに優しいんだろうか？

優しいのかも、しれない。でも、施設に入るおばあちゃんを引き留める力がないほど、弱い。

優しいから弱いのか、弱いから優しいのか、弱いくせに優しいのか、優しいくせに弱いのか……わからない。でも、頭の中に浮かんだ「でも」に、やっといま、重りがついたような気がした。

ポケットの中のケータイが鳴った。フリップを開かなくても、着メロで、長野さんからの電話だと知った。

手探りで、電源をオフ。

そして、一時停止のかかったビデオの映像みたいなキッチンに、「ごはん食べようよ」と声をかけた。

お父さんは涙をこらえるのに必死でなにも応えられなかったけど、お母さんは「あんたもビール飲むでしょ？」と笑って言ってくれた。

最後の夜だ。

明日の朝、おばあちゃんに「行ってらっしゃい」と言おう。「さよなら」じゃなくて。

お父さんは洟《はな》を啜りながら、冷蔵庫で冷やしておいた梅酒のボトルを取り出した。働き詰めで子どもを育てあげたおばあちゃんの、たったひとつの楽しみは、眠る前にお猪口一杯の梅酒を啜ることだった、から。

「じゃあ、俺、座ってんね」とのんきに言う弟に、お母さんが「カッパ巻きは食べちゃだめだからね」と釘を刺した。おばあちゃんとお寿司を食べるときは、特上の握りをとっても、追加注文でカッパ巻きを頼まないといけない。おばあちゃんにとってのごちそうのお寿司は、昔からずっとカッパ巻きだった、から。

ロンロンがおばあちゃんの膝から降りた。わたしの足元に来て、体をすり寄せながら、にゃあ、にゃあ、と鳴いた。

優しい子だ、ほんとうに。

すごく頭のいい猫でもあるのだろう。

わたしはまたポケットに手を入れて、ケータイをぎゅっと握りしめた。

「ねえ、お母さん。ちょっと電話してくるね、二階で」

お母さんは返事をしなかった。食器棚からお皿を出すところだったので、聞こえなかったのかもしれない。

もう一度言いかけて、やめた。

お母さんはガラスの小皿を六つ、キッチンのカウンターに並べていた、から。

「喧嘩しようよ」

わたしは言った。「どっちが正しくて、どっちが間違ってるじゃなくて、たくさん、喧嘩しようよ、これから」――ケータイの電源を切らずにいてくれたことに感謝しながら。

「これからって……いつから？」

長野さんが訊く。

「とりあえず、今夜」

わたしが言うと、「いいのか？」と笑いのにじむ声で訊いてくる。

「おばあちゃんも待ってるから」

「……おばあちゃんの前で喧嘩するのか？」

「無理にしなくたっていいけど」

自分の声に自分でプッと噴き出してしまった。長野さんも笑いながら、「あと五分で行くよ」と言った。

駅から我が家までは――徒歩十分。

「こっちに来てるところだったの？」

「うん、まあ……玄関払いでもいいか、って」

「迷った？」

「え？」

「それ決めるとき、長野さん、けっこう迷ったり悩んだりした？」

「あたりまえだろ」

ちょっと怒って長野さんは言った。「あと、けっこう落ち込んだし」

悪くない。

喧嘩をするなら、迷ったり悩んだり落ち込んだりする相手のほうがいいに決まってる。

そして、喧嘩のあとに仲直りするなら、優しいひとに、かぎる。

電話を切ると、リビングからお父さんの笑い声が聞こえてきた。おばあちゃんのことを「おばあちゃん」でも「おかあさん」でもなく、子どもみたいに「おかあちゃん」と呼んでいた。

おかあちゃんに叱られたよなあ。

おかあちゃん、怒ると怖かったもんなあ。

おかあちゃん、おかあちゃん、おかあちゃん……。

わたしはケータイを机に置いて、部屋を出た。階段をゆっくりと下りる。

優しくて、弱い、わたしの家族が顔を揃えたリビングに向かう。もうすぐ、そこに新しい家族になるはずのひとが加わる。おばあちゃんはきっと、にっこり笑って、そのひとを迎えてくれるはずだ。

嫌われ者のブランケット・キャット

1

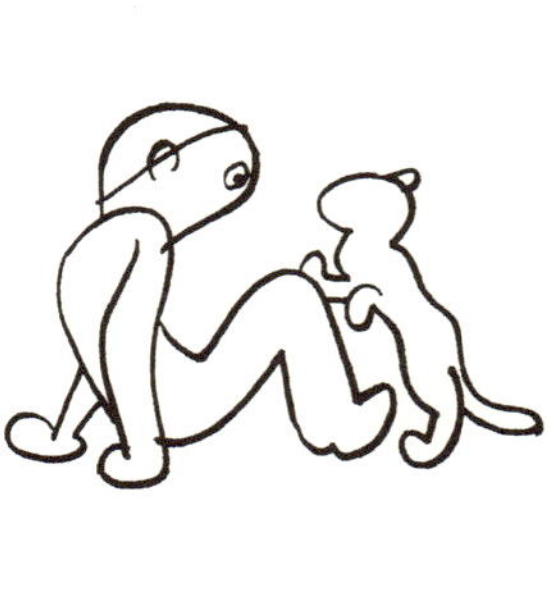

猫の鳴き声が聞こえた。
うぎゃっ、うぎゃっ、うぎゃぎゃぎゃっ、と敵意を剝き出しにしたうなり声が、確かに聞こえた。
たぶん二〇四号室だ。先月引っ越してきたばかりの女性会社員の部屋――知らなかったんだな、ここの大家の恐ろしさを。あのくそじじいの陰険さを。
俺は部屋を出る。三階から二階まで階段を下りて、廊下の端からそっと二〇四号室のほうを覗いてみた。やっぱりそうだ。部屋の前に大家のじいさんがいる。ドアを開けた女性会社員はひたすら謝っている。でも、それで許してくれるようなじいさんなら、最初からこんな陰険な真似はしない。

「規則なんだから」――ほら、出た。

「契約書にも書いてるだろう、あんたも読んだんじゃないのか」――「です、ます」ぐらいつかえばいいのに、といつも思う。

あとはもう、じいさんの一方的な通告がつづく。

「とにかく出ていってもらうから」

「いや、だめだ、規則は規則だ。そんなのあたりまえだろう、子どもだってわかることだ」

「言い訳は聞きたくない。ルールを破ったのはおたくなんだから」

「明日出ていけとは言わないから、今月だ、今月いっぱい。部屋はあらためさせてもらうよ。悪いけど、敷金は返せないかもしれないよ。そんなのあたりまえだろう。壁紙だって取り替えなきゃいけないんだから」

「においだよ、におい。猫のにおいっていうのはな、本人にはわからないんだよ。でも、におうんだ。くさいんだよ」

「とにかく今月中だ。明日にはもう広告出すから。居座ろうなんていうつもりなら、あんた、連帯保証人にも話持っていかなきゃいけないからね、こっちも」

俺はガキの頃から国語があまり得意じゃなかった。でも、じいさんを見ていて、ひとつ賢くなった。「切り口上」とか「居丈高」とか「とりつく島もない」っていうのは、つまり、こういうことなんだな……なんて。

ひとしきり、じいさんは言いたいことを言いまくった。

ドアが閉まる。

最後のほうは、部屋を借りていた彼女もふてくされたような様子になり、ドアを閉めるしぐさも、バタンという音も、不機嫌きわまりなかった。

その気持ちは、俺にもわかる。

腹が立つんだ、とにかく、あのじいさんは。

野次馬として見ているだけでむかつくんだから、これがもし当事者だったら……俺、あいつ、刺しちゃうかもしれない。

じいさんがこっちを向いた。

あわてて身を隠そうとしたけど、遅かった。

目が合った。俺はしかたなく、えへへっ、と愛想笑いを浮かべて会釈する。

じいさんはむすっとした顔のまま、ああどうも、と顎を引くだけだった。「おざなり」って言葉の意味、実感する――ところで、「おざなり」と「なおざり」ってどう違うんだっけ？

じいさんは手にバスケットを提げていた。七十歳過ぎの偏屈なじいさんと、ピクニック気分のバスケット――どう考えても不似合いだけど、ここが、なんというか、嫌われ者の嫌われ者たる所以《ゆえん》だ。

バスケットの中には、猫がいる。月に一度、土曜日にペットショップから借りてくるレンタルの猫だ。じいさんはその猫を使って、「ペット禁止」の契約を破った借り主をチェックする。バスケットを提げて廊下を歩いていると、猫でも犬でも小鳥でも、とにかく部屋にいる動物は、みんな鳴く。絶対に鳴く。亀やイグアナみたいに鳴かない動物のときには、猫が鳴く。ガス漏れ警報器とか金属探知器とか、そんな感じの猫なのだ。

俺は逃げるように一階まで下りて、通りに出てから、あらためて建物を振り返った。

三階建てのワンルームマンションだ。全二十部屋、プラスじいさんの部屋。もともとはじいさんの家の敷地だったというから、かなりの資産家だったのだろう。家を取り壊し、庭をつぶして、ワンルームマンションを建てて、その一室に一人暮らし——いろいろあるんだろうな、人生。

賃貸物件としての条件は悪くない。いや、最高レベルと言ってもいいんじゃないかな。急行の停まる駅から徒歩三分。新宿までは直通で十五分だし、乗り換えれば渋谷まで二十分。都心に入る地下鉄とも相互乗り入れしているし、首都高速のランプからもほど近い。築五年。ケーブルテレビ引き込み済み。ワンルームとはいっても専有面積はへたな2DKの部屋よりも広いし、キッチンもしっかりしたものがついているし、バスとトイレも別。当然ながらオートロック。それでいて、家賃は相場よりはるかに安い。誰か自殺でもしちゃったんじゃないかと疑いたくなるほどの激安。人気が出て当然の、不動産広告ふうに言えば「超優良物件」——大家のじいさんの性格を除けば、の話だが。

駅まで歩いた。

駅のそばの不動産会社の前を通りかかると、若い社員が窓ガラスに物件の広告を貼っているところだった。

ウチのマンションだ。二〇四号室。〈来月入居可〉と書いてある。やることが早い。そして、容赦がない。戸口でぺこぺこ謝っていた借り主の、あんまりオトコには縁のなさそうな顔を思い浮かべて、俺はため息をつく。

悪いのは規則を破ったほうだ、とじいさんは言うだろう。それは確かにそうなのだ。新しい広告にも、はっきりと書いてある。

〈ペット厳禁〉

規則は規則なんだもんなあ……と、俺はもう一度ため息をついた。

〈厳禁〉の〈厳〉の字が、大家のじいさんのしわくちゃの顔に、ふと重なった。


「どんな猫なの？　それ」

エツコが訊いた。ちょっと不安そうな顔をして。

「二、三度見たことあるんだけどさ……なんか、すっげえ性格悪そうなの」しかめつらで俺が言うと、エツコは「やだぁ」と苦笑した。「性格なんて見ただけでわかるわけないじゃん」

「いや、でもさ、わかるんだよ、マジ。もう、見るからに性格悪そうなんだから」

嘘じゃない。

俺は猫の種類なんか全然知らないが、童話やお伽噺《とぎばなし》に出てくる意地悪な猫は、きっとこんな感じなんだろうな、と思う。

「太ってるの？」

「うん。毛も長いし、でぶってるっていうか、いかにも態度でかそうなんだよな、そいつ」

人間にひとの神経を逆撫《さかな》でする奴がいるように、猫にも、なにをするわけでもないのに妙にむかつく奴がいる。マンションの借り主がこっそり飼っているペットが鳴くのも、それを敏感に察するからだろう。だからいつも、鳴き声は不機嫌そのものだ。ドアを隔てて仲間と挨拶する鳴き声ではなく、人間なら「なんなんだよ、てめえ！」と喧嘩を売るような鳴き声になる。

「どんな猫なんだろうなあ……」とエツコは首をかしげた。

「最低の猫だよ」と俺は吐き捨てる。

レンタルされてきただけの猫に恨みはないが、とにかく陰険なじいさんの手先になっているというだけで腹立たしい。

「エツコが見ても、絶対に俺と同じこと思うって。ほんと、保証する」

「そうかなあ……」

エツコはまた首をかしげた。「わたし、猫はみんな大好きだけど」と付け加えて、膝に乗せた仔猫を撫でる。

ゆうべ、拾ってきた。段ボール箱に入れられていたらしい。〈心優しい人にもらわれますように〉――捨てた奴からの、よく考えたらとんでもなく図々しく身勝手なメッセージもついていた。

「飼うの？」

俺が訊くと、ちょっとためらいながら「できれば、ね」と答える。

「ここの部屋、ペットOKなのか？」

「……だめ」

「じゃあ、どうするんだよ」

「うん……」

「できればタッくんの部屋で預かってほしいと思ってたんだけどね……」

「無理だよ、そんなの」

「わたしも一緒に住むから」

「無理だって」

あっさり答えて、自分の声を自分で聞いたあと、「えっ？」とエッコを振り向いた。

エッコは照れくさそうに笑って、言う。

「まあ、結婚とか、そーゆーのはまだ全然考えてないけど、タッくんと一緒に住むのはありかな、って」

「……マジ？」

「だって……」頬がぽっと赤くなる。「タッくんもそのほうがいいでしょ？」

うんうんうんうん、とバネ仕掛けの人形みたいにうなずいた。

うっひょーいっ、と思わずバンザイもしてしまった。

ナンパして付き合いはじめて半年、小さな喧嘩は何度かあっても、俺はずっとエッコ一筋だった。その思いが、いま、実ったのだ。

だが、バンザイを繰り返す俺に、エッコはぽつりと言った。

「でも……タックんのマンションも、猫だめなのかあ……」

「ちょ、ちょっと待て、だいじょうぶ、なんとかする」

「なんとか、って？」

「だから……大家のじいさん、殺すとか……」

エツコは苦笑して「ばーか」と言った。

まったく、我ながら、バカだ。

それでも、もしも、万が一、エツコが「殺してよ」とマジに言ったら、俺、ナイフ買ったかもしれない。「女で身を滅ぼす」という言葉の意味が、最近リアルにわかってきた。

「この部屋で一緒に住む、とか」

「こうなったら、俺、引っ越しちゃおうか」

「でも、ペットＯＫのマンションとかアパートって、そんなにないよ。あっても、家賃、高いと思う」

「……うん」

「タックん、お金あるの？」

うなだれて、首を横に振った。

恥ずかしながら、二十五歳になってもフリーターだ。昼間のビル掃除の仕事にコンビニの深夜勤務を組み合わせて、なんとかいまのマンション生活を維持している。派遣の仕事が月に三分の一ほどしかないエツコも、お金に余裕などないだろう。二人で家賃を折半しても——あの激安マンションと同じレベルの部屋に住むのは、たぶん無理だ。

「思いっきり田舎に住んじゃうとか。千葉とか埼玉とかだったら、家賃も安いだろ」

「それで我慢できる？　タッくんに」

「……無理かな」

「無理だよ」

エツコはきっぱりと言って、「わたしも、だけど」と付け加えた。

仕事よりも遊び優先。

将来よりも、いま、優先。

こんなのじゃだめだよなあと思ってはいるけど、それが本音だ。一度にぎやかな街に暮らしてしまえば、田舎暮らしは無理だろう。

だったら仔猫捨てちゃえばいいじゃんよ——喉元まで出かかった言葉を呑み込んだ。そんなことを口にしたら、一発でエツコに嫌われてしまうだろう。

俺はエツコと別れたくない。

エツコは仔猫を捨てたくない。

俺のマンションは猫を飼えない。

俺はいまのマンションから引っ越せない。

エツコは俺のマンションで一緒に暮らしたいと言う。

頭が痛くなってきた。

複雑なことを考えるのは苦手だし、嫌いだ。

こういうときには、とりあえず——。


セックス、した。

裸で抱き合う俺たちを、仔猫はきょとんとした顔で見ていた。

なんか、すげえ情けねーの……。


それでも、体がすっきりすると、頭もクリアになるものだ。

服を着たエッコは「ねえ、ちょっといま、ふと思ったんだけど」と言った。「いいアイデアがあるかもしれない」

「俺も、一瞬、浮かんだ」

「マジ？」

「うん、つまりさ、大家が猫を借りてきたときに、ウチの猫が鳴かなきゃいいんだよな」

「そうそう、そこなのよ、ポイントは」

「むかつくから鳴くんだよ」

「うん、そうなの。だから……」

「最初に、大家の猫と仲良くなってればいい、って気しない？」

「するするーっ」

「で、大家の猫はレンタルなんだよ。ってことは、俺たちが借りちゃってもいいわけよ」

「ばっちり」

「だろー？　だから、一度レンタルして、ウチの仔猫に会わせる、と。仲良くさせて、チェックの日にも鳴かないようにさせる、と。そうすれば楽勝でＯＫじゃん」

指でＯＫマークをつくると、エッコも同じマークをつくって笑顔でうなずいた。

けっこういい感じだ。

「でも、性格悪そうなんでしょ、その猫」

「第一印象は最悪でも、会ってみれば意外といい奴だったってこと、あるじゃん」

「……調子いいんだから」

「だいじょうぶ、俺を信じろ」

俺はＯＫマークをＶサインに変えて、ぐいっと胸を張った。


翌日、俺はさっそく大家の部屋を訪ねた。

サシで話すのなんて、おととし引っ越してきて以来初めてのことだった。

じいさんはドアを開けるなり、「なんか用なのか」とセールスマンを追い払うみたいに無愛想に言う。ほんとに、こいつは……。

俺は必死に笑顔をつくり、「友だちで興味のある奴がいるんです」としつこく強調しながら、レンタル猫の店の名前を訊いた。

じいさんは思いっきり不審そうな顔で、思いっきり無遠慮に俺をじろじろ見て、紙屑を丸めて捨てるような口調で店の名前を教えてくれた。

むかつく奴だ。マジに、殺したほうが話が早いかもしれない。

それでも、俺はにこやかに「ありがとうございましたーっ」と言った。「じゃあ、どーも、失礼しましたーっ」

「あ、ちょっと、あんたねえ……」

「は?」

「ゴミ、分別してるのか? ペットボトルと缶、一緒に捨ててるだろ。そこ、ちゃんとやってくれないと困るんだよ」

俺じゃねーよ、バーカ。

だが、まあ、とにかく、そんなふうにして俺たちの作戦は第一歩を踏み出したのだ。

2

ペットショップは、意外と清潔な雰囲気だった。「商品」——動物が、ガラス張りの檻に入っているせいもあって、音もにおいもほとんどない。

もっとケモノっぽい、動物園みたいなにおいがするんだと思っていた。犬とか猫とか鳥とか、いろんな動物の鳴き声が交じり合ってうるさいんだろうなあ、と思っていたのだ。

「なに言ってんの」

エッコはあきれて笑う。「そんなショップだったら売れるわけないじゃん」——そりゃ、まあ、そうだけどさ。

ガラス張りの檻は、小さな個室が縦横に並んだ形だった。透明なコインロッカーとか、百円ショップでたまに見かけるプラスチックの小物ケースとか、そんな感じ。猫のコーナーでも犬のコーナーでも、入っているのは子どもばかりだ。

「なあ……」

俺はエッコの肘をつついて、小声で言った。

カウンターの奥で若い店員が書き物をしている。ヘンなことを言ったら、土佐犬とかドーベルマンとかを放たれるかもしれない。

「売れ残りもいるわけだろ?」

「それはいるでしょ、もちろん」

「どうなっちゃうんだ?」

人間の男には熟女フェチなんてのがあるけど、それはペットにはあてはまらないような気がする。ペットにかんしては、人間はみんなロリコンってか?

「割引とかするのかなあ」とエッコは首をかしげる。

「安いから買うってものでもないんじゃねーか? かさばるし」

「かさばるって問題でもないと思うけど……」

「でも、マジ、オトナになって、じいちゃんとかばあちゃんになって、それでも買い手がつかなかったら、どうするんだろうな」

処分——という言葉が一瞬、浮かんだ。

思わず、いやーな顔になってしまった。

そんなふうに考えて、あらためて檻の中に目をやると、仔犬も仔猫も、みんな一所懸命に愛想をふりまいているように見える。べつに尻尾《しっぽ》を振ったりガラス窓に頬ずりしているわけじゃなくても、なんというか、全身から「よろしくお願いしまーす」のオーラを発しているみたいなのだ。

俺はいままで、ペットなんて三食昼寝付きのお気楽な身分だと思っていた。でも、その立場をゲットするまでには苛酷で熾烈《しれつ》な、文字どおりの生存競争があるんだと噛みしめると、なんだか、檻の中のみんなに「がんばれよー」と声をかけたくなってしまう。

「なあ……」

「うん?」

「二十五歳って、ペットだったら、もうヤバいよなあ」

「なに、タッくん、自分のこと?」

黙ってうなずいた。「絶対にこれをやりたいんだ!」という強い夢なんかないまま、だらだら、うだうだ、ずるずる、ちゃらちゃら、フリーター生活をつづけてきた。とりあえずこれからもつづけるだろうと思う。

でも、それでいいのかな……。

パンパンパン、と顔の前で手を叩く音が響いた。エッコが、ダンスの先生みたいに手拍子をとったのだ。

「はいはいはい、ブルー入るのおしまい、時間ないんだから、さっさと借りちゃいますよー」

一人でさっさとカウンターに向かう。

しかたなく、俺もあとにつづく。

「あのー、すみません」

カウンターに身を乗り出して店員を呼ぶエッコの声を聞いて、ふと、間抜けなミスに気づいた。

やばっ、とつぶやきも漏れる。

肝心なこと——猫の名前を、大家のじいさんに訊くのを忘れた。

なにをやらせてもこうなのだ、俺は。注意力散漫、地図も読めないし人の話も聞けない。忘れ物番長、うっかりミスの帝王、誤字脱字キング……中学の頃、「このままじゃ、ろくなオトナになれないぞ」と担任の先生に言われたことが、みごとな予言になってしまったわけだ。

でもさー、先生、「ろくなオトナ」って、どんなオトナなんすかあ?

いつか同窓会があったら、そんなことも訊いてみたい気も、ちょっと、する。

店員が「いらっしゃいませ」と俺たちの前に立った。

「えーと、猫のレンタルお願いしたいんですけど……やってますよね?」

エツコの言葉に、愛想良く「はい、承っております」とうなずいた店員は、ちらっと俺を見た。

ほんの一瞬――すぐさまエッコの顔も、ちらっと見る。

出たな、と俺は奥歯を噛みしめる。

高校を二年で中退して、フリーター歴九年近くにもなれば、このテの「ちらっ」の意味ぐらいわかる。

「お借りになるのはどちらですか？」

エッコは迷いなく「このひとです」と俺を指差した。

俺は心の中で「オー、マイ・ゴッド！」のポーズをとった。事前にしっかり打ち合わせをしなかったことを死ぬほど後悔した。

俺の顔を立ててくれたつもりなのだろう。だが、派遣社員のエッコには、正真正銘のフリーターの立場の弱さがわかっていない。また、わかってしまうと、ソッコーで別れ話ってこともありうるけど。

エッコに場所を譲られて、カウンターの前に立った。店員は愛想笑いのまま「お借りになるのは初めてですよね？」と訊いてくる。

ほら来た、と俺は覚悟を決めてうなずいた。

「大変恐縮ですが、当店では、レンタルのお客さまは登録制にさせてもらっているんです」

「はいはい」

「まあ、登録っていってもごく簡単なものなんですけど、やはり生き物のことなので」

「はいはい」

「それで、身分証明書になるようなもの、ちょっと見せていただけませんか」

「保険証でいいっすか?」

「あ、申し訳ありませんが、写真付きのものにしていただきたいんですが」

「……運転免許証」

「すみません、できればお勤め先のわかるものがいいんですが」

ほら来た、これだよ、世間は。

「マルイの赤いカードあるけど……だめっすよねえ」

店員は、冗談じゃない、というふうに俺を見る。洒落の通じない奴だ。

「TSUTAYAの会員証、だめっすか?」

二度目のギャグは、ノー・リアクション。

ここで引き下がらないのが、男の意地ってやつだ。

「ガソリンスタンドのカード」

無視。

「タワーレコードのカード」

黙殺――黙って殺すって、まさに、いまの、この状態だよなあ。

「献血手帳」

店員は、なんとかしてくださいよお、とエッコに目をやった。

そこに、とどめの一発――「ああ、あったあった」と財布を探り、カードポケットから一枚抜き取って、「これでどうっすかねえ」とカウンターに置く。

ポケモンカード。

いままでの経験では、ここでみんなプッと噴き出してくれる。意外と、まじめそうな女のひとのときに効く。ウケてくれさえすれば、根本的な問題はなにひとつ解決していなくても、とりあえず場は和むものなのだ。

だが、この店員は、よほどまじめな奴なのだろう、いいかげんにしろよ、という目で俺をにらんできた。

あわててエツコが割って入る。

「はいはいはい、ボケないボケない」と俺をなだめ、店員に向き直って「じゃあ、わたしの名前で借ります」と言った。「それでいいでしょう?」

「ええ……けっこうですが……」

エツコは派遣会社の登録カードを出した。身分証明書としてのグレードはかなり低いものだが、その直前のポケモンカードに比べれば天と地ほどの違いがある。野球でいうなら、たとえ百三十キロ台の直球でも、チェンジアップのあとに投げればバッターには百四十キロ以上に見えるようなものだ。緩急の差というか、振り幅というか、われながらナイスアシスト、ってか。

とにかく、これでようやく話が先に進んだ。

店員はエツコの名前や住所や電話番号をレンタル申込書を見ながらパソコンに入力して、「レンタルする猫で、なにかご希望はありますか?」と訊いてきた。

エッコはまた俺にカウンターの前の場所を譲る。場所を代わるとき、耳元で「勝ち点1だからね」と笑いながらささやかれた。これで猫の名前を訊きそびれたことを打ち明けると、こいつ、勝ち点2を高らかに宣言して、今夜の晩めしを俺におごらせるんだろうなあ……。

もっとも俺の心配は取り越し苦労に終わった。「名前を言えばいいんですか?」と訊くと、店員はあっさり「レンタル猫には名前はありませんから」と答えたのだ。

二泊三日の借り主が、それぞれ勝手に名前を付けるのだという。同じ猫がAさんに借りられるときには「エリザベス」になり、Bさんに借りられるときには「タマ」になる。

「やっぱり、名前を自分で付けるところから猫への愛情は始まりますから」

「はあ……」

「そんなので、猫ちゃんは頭の中、パニックになったりしないんですか?」とエッコが横から訊いた。

「それはだいじょうぶです。猫も、割り切ってますから」

店員は軽く答え、「猫の気持ちがわかるわけじゃないんですけどね」とジョークらしいことを初めて言った。

エッコは「なるほどねえ」と感心したようにうなずき、「思いっきり頭がいいのか、思いっきりバカなのか、どっちなんだろうね」と笑った。

俺も笑い返す。だが、頭の中では、別のことを考えていた。

レンタル猫って、フリーターや派遣社員みたいな奴らなんだな――。

「それで、いまご用意できる猫は、これくらいなんですが……」

店員は棚からファイルを出して、カウンターに広げた。

写真付きのリストだった。仔猫はいない。店員は俺たちが落胆したんじゃないかと勝手に想像して、仔猫のいない理由を弁解っぽく説明した。次から次へと飼い主が代わるレンタル猫のストレスに仔猫は耐えられない、「人ではなく家に付く」と言われる猫をレンタルに対応させるべく、こちらも猫をトレーニングして、お気に入りの毛布さえあればどこでも眠れるようにしつけてある……。

そうだよなあ、と俺も思う。

職場を転々とするフリーターや派遣社員には、新しい環境にすぐに適応できる力が求められるのだ。一つの仕事を長くつづけないのは根性のない証拠？　冗談じゃない。新しい環境に勇気を持って飛び込んでいく根性を忘れてもらっちゃ困るぜ――。

今日は、どうもヘンだ。猫の生きざまが、妙に自分自身に重なってしまう。

「ね、どの猫？」

エツコにうながされ、ファイルをめくった。

猫の写真には、年齢や性別と、あと、品種というかブランドというか、三毛だのアメリカンショートヘアだのといったのが添えてある。名前の代わりに番号。なんだか中華料理のメニューみたいだ。

大家のじいさんの「相棒」は、最後のページにいた。でっぷり太って、目つきの悪い、いかにもふてぶてしい猫だった。猫好きのエツコでさえ、うわあーっ、と眉をひそめて退いてしまうほどの。

年齢は六歳。オス。〈雑〉とある。

「この〈雑〉って、なんですか?」と俺は訊いた。

「雑種です。ハウスホールドっていうんですけどね」と店員は答えた。

だったら〈ハウスホールド〉って書きゃいいじゃねーかよ、と思う。〈雑〉ってなんだよ、〈雑〉って。街頭アンケートの職業欄の〈会社員・学生・その他〉の〈その他〉みたいじゃんよ

――って、また自分と重ねてしまった。

「雑種以外ってみんな血統書付きなんですね」とエツコが言った。

「ええ。もともとショップで飼い主さんとご縁がなかった子がほとんどですから、どうしても純血種のほうが……」

向こうは〈純〉かよ。血に雑も純もあるかってんだ。父ちゃんと母ちゃんの血が混じったら、もうそれだけで、みーんな雑でいいんだよ――マジ、今日、俺、ヘンだな。

「この猫、今日借りてっていいっすか」

俺は写真を指差した。

すると、店員は「ええ、それはだいじょうぶですが……」と急に歯切れが悪くなった。

「なにか問題あるんですか?」とエツコ。

「いえ、そんな、問題ってほどではないんですが……レンタルが初めてのお客さまには、正直申し上げて、あまりお勧めできないんです、この猫」

「なんで?」

「気性が荒いんですよ。喧嘩っ早いというか、なんにでも敵意を剝き出しにしちゃうというか……クセのある子なんです」

「でも、いちおうレンタル猫のトレーニングは受けてるわけですよね?」

「ええ、受けてはいるんですが、どうもその、飼い主を選ぶようなところがありまして、気に入らない飼い主だと、もう、暴れて暴れて……」

一瞬、げげっ、と思った。大家のじいさんの偏屈を絵に描いたような顔が浮かぶ。あのじじいぐらいにならないと、飼い主として認めてもらえないのかもしれない。

それでも、こいつを借りなければ意味がない。

「いいです、お願いします」

「……そうですかあ?」

「だいじょうぶです」

「いや、でも……ほんとにだいじょうぶですか?」

疑わしそうな店員の態度に、ムッとした。

フリーターをなめんなよ、と言ってやりたかった。仕事で出会ってきた「困った奴」の数なら、正社員の連中には絶対に負けない。というか、「困った奴」の集まるような職場にしか、フリーターの居場所はない。いばってどうする。

「任せてください」と俺は胸を張った。エツコが、すごーい、という目で俺を見る。

「この猫の根性、叩き直してやりますよ」

わははは、と笑った。


三分後。

「わははは」の豪快な笑顔は、鼻の頭にバンドエイドを貼った「とほほほっ」の半べその顔に変わった。

店員がカウンターに置いたバスケットの蓋を開け、猫と対面した、その一瞬で——どうやら、俺は「飼い主の資格なし」と判定されてしまったらしい。

びっくり箱のバネ仕掛けの人形のように、右手が飛び出してきて、俺の鼻をバリッとひっかいた。

それでも、俺は、このクソ猫——〈雑〉と付き合っていかなければならないのだ。

3

エツコのアパートに着くと、まず、クソ猫の名前を決めた。

「ザツ」——雑種の雑。

エッコは「ひどーい」と俺を軽くにらむ。

「いいんだよ、雑種は雑種なんだから」

「でも、もうちょっとは……猫の気持ちだって考えてあげなよ」

「うっさいなあ、名前なんてどうだっていいだろ、そんなことでぐちゃぐちゃ言うなよ」

エツコは拾ってきた仔猫に「チャーミー」と名前を付けていた。食器用洗剤みたいだ。そっちのほうがよっぽど猫に失礼だと思うけど、口に出して言ったら、ザツにひっかかれた鼻の頭に今度はパンチをくらってしまいそうなので、俺は黙ってザツを入れたバスケットを部屋の真ん中に置いた。

さっきからバスケットの中は大騒ぎだ。ザツが暴れている。フーッ、フーッと、いかにも不機嫌そうに鼻を鳴らしている。店員は「バスケットに入れればおとなしくなりますから」と言っていたのに、大嘘こきやがって。

「開けるの？　だいじょうぶ？」

チャーミーを抱いたエツコが不安そうに訊く。

「だって、開けなきゃしょうがないだろ」

「こっちに来たりしない？」

「知らねーよ」

さっきのミスは繰り返さないよう、背中をそらして顔をバスケットから遠ざけた。エツコも狭い部屋の隅にあとずさる。

「いくぞ」

蓋を開けた。ザツは、さっきとは一転、のっそりとバスケットから出てきた。ここはどこだ？　と確かめるように太い首をゆっくりと回し、ふうっ、ふうっ、ふうっ、とラグビーのウォークライみたいにドスの利いた息づかいをして――身をひるがえし、俺の腹にダイブ！　Tシャツに爪を立て、洗いざらしの布地を思いきりひっぱって引き裂いて、ついでにひっかかれた俺の腹は見る間にミミズ腫れがサーッと横に走って、傷口から赤い血がにじんだ。

「てっ、てめえ、この野郎！　ざけんじゃねえぞ！」

蹴飛ばしてやろうかと思ったが、その前にザツはさっと身をかわして、エツコのほうにゆっくりと向かった。

「きゃあっ！　きゃあっ！　きゃあっ！」

エツコは金切り声をあげながら、その場でじたばたするだけだ。ばかだね、こいつ。

ザツは足を止めた。

前肢を下ろした招き猫みたいな――犬でいうなら「お座り」の姿勢になって、エツコを見つめた。いや、違う、ザツが見ているのは、エツコに抱かれたチャーミーだった。

チャーミーもザツをじっと見つめる。

ふにゃあっ、とチャーミーがか細く鳴いた。

ふうっ、とザツは野太い息をつく。

にゃんっ、とチャーミーが円い声を出す。

ぶふうっ、とザツが鼻を鳴らす。

にーいんっ、とチャーミー。

んごっ、んごっ、とザツ。

会話か？　おい。

こいつら、おしゃべりしてる、ってか？

チャーミーはエツコの腕からするりと抜け出して、床に飛び降りた。仔猫とはいえ、さすがに猫、着地はきれいに決まった。

ザツはのっそりと一歩、二歩と、チャーミーに近づいていく。チャーミーも軽い足取りでザツを迎えに行く。

ヤバい！　やられる！

サスペンスドラマでおなじみの不協和音が、俺の耳の奥でガーンと鳴り響いた。

ところが、ザツはチャーミーを襲わなかった。チャーミーも悲鳴をあげなかった。

チャーミーはザツに頬をすり寄せた。細い前肢で、岩のようなザツの肩を軽く小突いた。

ザツは動かない。「お座り」の姿勢のまま、無愛想な顔のまま、なにもしない。

ふにぃ、とチャーミーは甘ったるい声を出して、ザツのおなかに顔を押しつけた。

そして、その下にもぐり込む——まるでカンガルーの赤ちゃんみたいに。

ザツは動かない。むすっとした顔で虚空を見つめ、チャーミーの好きなようにさせていた。

「だからね」

エッコはポンプ式の消毒薬を俺の手の甲に振りかけながら言った。

「タッくん、ザッと相性が悪いのよ」

「……うっせえ」

「だって、あの子、顔はおっかないけど、すごく優しいじゃない。わたしとチャーミーには。根っこはいい子なのよ、絶対に」

「……うっせえ」

「ほら、こんなふうにすぐムカつくでしょ、タッくん。ザッにもわかるのよ、そういうところが。だから、あんたになつかないんだってば。もっとさあ、こう、オープンな心で、仲良くしようぜ、って」

「うっせえっつーの」

俺は手の甲を邪険にひっこめて、ひりひりする傷口に息を吹きかけた。

ザッに、また、やられた。

二泊三日の二日目になっても、あいつ、とにかく俺の顔さえ見れば、なにか仕掛けてくる。風呂上がりに足の甲をひっかかれたときには、血行が良くなってるぶん、びっくりするぐらい血が流れ出た。寝てるときには、腹の上をどすどす踏んで向こうに行きやがった。朝、顔を洗っていたら、パジャマのズボンを引き裂かれた。ムカついて朝っぱらからビールを呑もうとしたら、プルトップを開けてテーブルの上に置いたビールの缶をひっくり返された。

それでも、寛大な俺さまは、海よりも広い心で、昼飯のキャットフードを大盛りにしてやって「ほら、食え」と皿をザツの目の前に突き出した。すると、あのクソ猫、いきなり手の甲をガリッとききやがった……。

「でも、わたしは好きだけどね、ザツのこと。だって、優しいじゃない」

ほら、とエツコは部屋の隅に顎をしゃくった。チャーミーがザツにまとわりついて遊んでいる。ザツは一緒になって遊んでやったりはしないが、うっとうしがるわけでもなく、黙って身を任せている。

「なんか、すごくいいコンビって気がしない？」

「べつに……」

「チャーミーがこんなに甘えてるのって、初めてだよ。捨てられた仔猫って、すごく寂しがり屋で、そのくせ警戒心がめちゃくちゃ強いものなのよ。だから、うん、ザツって、意外とすごい猫なんじゃないの？」

俺はあいまいにうなずいて、ザツを見た。

目が合った。

けっ、というふうにザツはそっぽを向く。

俺、やっぱりこいつに嫌われてるんだろうか……。

ムカつく。

でも、微妙に悲しくもなった。

「タッくん、今夜バイトでしょ？　仕事終わったあと、どうする？　ウチに泊まる？」

少し考えてから、「帰るよ」と言った。「ザツも俺がいないほうがいいだろうし」

やだぁ、とエッコは笑った。「なにスネてんのよお」

「スネてねーよ」

「って言い方が、スネてんの」

かもしれない。

たまには素直に認めてもいい。

レンタル猫のみそっかす――嫌われ者の猫にさえ嫌われてしまう自分が、情けなくて、悔しくて、哀しくて、寂しくて……。

「なあ、エッコ」

「うん？」

「ウチの田舎って、『猫またぎ』っていう言葉があるんだよ。魚じゃなくて、ひとなの、ニンゲン。猫もまたいで通り過ぎちゃうような価値のない奴、って。俺って、『猫またぎ』なのかなあ……いい歳して、フリーターでぶらぶらしてて、将来になーんの展望もなくて、べつにやりたいこともなくて、なーんかなあ、俺ってなあ……」

弱音なんか吐くつもりじゃなかったのに、言葉が勝手に口からこぼれ落ちる。

最初は「どーしたのよお、なにブルー入ってんのよお」と笑っていたエッコも、途中から真顔で相槌を打つようになった。

「じゃあ、就職しちゃえば？」

「無理だよ、俺、大学も出てないし、その前に高校中退だし」

「だったら……フリーターつづける？」

「わかんねーよ、そんなの」

逃げるように立ち上がって、玄関に向かった。三和土《たたき》にあったスニーカーの紐がほどけていた。

「あ、ごめん、さっきザツがいたずらしてて、ほどいちゃったみたい」

いいんだ、もう、俺なんか、しょせん猫またぎ野郎なんだから……。


落ち込んで、コンビニの深夜バイトをこなした。たいした用もないのに深夜のコンビニにやってきて、雑誌を立ち読みして、スナック菓子やジュースの新商品をチェックして、アイスを食いながら店の前に座り込んでケータイのメールをやり取りして、しばらくするとのそーっと立ち上がり、アイスの袋を路上に捨てて、ぶらぶらと夜の闇に消えていく——そんな連中を見ていると、なんだか、むしょうにせつなくなった。

俺たち、なにやってるんだろうな。

「俺たち」という複数形を自然と選んでいた。

マジ、俺たち、どうなっちゃうんだろうな、五年後には。

ここに居続けたところで、しょせんは人生、じり貧——。

でも、じゃあ、ここからどこへ行けばいいんだ？

中学や高校の授業では、そんなこと、一度も教わらなかった。

ロックやヒップホップの連中は、すっごく簡単に「ぶち壊せ！」と俺たちをあおる。

でも、なにを――？

なんのために――？

そもそも、ぶち壊すためのハンマーは、どこに行けば手に入るんだ？

午前四時、トラックで配達された弁当を棚に並べた。それが今夜の最後の仕事になる。弁当を並べながら、万引き防止用のカーブミラーを見上げた。凸型の鏡に映る俺の顔、おでこばかり大きくて、手足は情けないほど小さかった。


午前五時、早朝勤務の連中と交代して、店からひきあげた。

賞味期限がぎりぎり切れた弁当を提げて、マンションの前まで来ると、エントランスの自動ドアが開いた。

はっとして顔を上げた。

大家のじいさんだった。思わず「あ、どーも」と頭を下げたが、じいさんは俺を陰険そうな目でちらりと見るだけで挨拶も返さず、玄関の脇のゴミ置き場に向かった。

今日は生ゴミの収集日だ。夜のうちにゴミを出したり、分別せずに出したりする不届き者も多い。いまも、コンビニの袋に詰めたゴミがいくつか転がっていた。

じいさんはそれをひとつずつ手にとり、口を開けて、中身をあらためていった。そういえば、先週、〈ゴミ出しのマナーを守るべし〉という貼り紙がエントランスロビーにあった。

こんなことまでやってんのかよ、このじじい――。

あきれはて、ちょっとぞっとして、その場から立ち去ろうとしたら、「おい」と呼び止められた。いきなり「おい」だよ、「おい」――俺がテンパった中坊だったら、マジ、ナイフ出てるかもしれない。

「なんスかあ?」

「このゴミ、おまえが捨てたのか」

「なっ、なに言うんスか、違いますよ、俺、いまバイトから帰ってきたんスから」

「……そうか、じゃあいい」

じゃあいい、じゃねーよ。

ムカついてじいさんの背中をにらみつけた。

じいさんはゴミのチェックをつづけながら、「なんか用か?」と訊いてきた。「こっちの用は終わったから、もういいんだぞ」

そういう言い方が、またムカつくのだ。

高校時代、進路指導の教師に職員室に呼びつけられたことを思いだした。大学進学もせず就職もしない俺の真意を問いただした教師は、俺が「いや、まあ、テキトーでいいんじゃないっスかあ」と答えると、大げさなため息をついて、蠅を追いはらうように手の甲を振りながら、「もういい、もういい、帰ってよし」と言ったのだ。

「あの……」一言ガツンと言ってやる。「ちょっといいっスか」

「なんだ?」とじいさんは開けた袋の口を閉じ直しながら言う。

「あの、なんつーか、賃貸のマンションって、俺ら家賃払ってますよねー。つーことは、俺ら、客じゃないっスか」

「だから?」

「いや、だから、その、ちょっと、客を客とも思ってない態度って、よくないんじゃないっスか?」

じいさんは俺を振り向いた。

べつに怒った顔はしていなかったが、とにかくいつも無愛想なので、なにを考えているのか、表情からはちっともわからない。

「嫌なら、出て行け」

じいさんは、ぼそっと言った。

思いっきりムカつく台詞だったけど、じいさんの小柄な体からは、なにか得体の知れない迫力のオーラがたちのぼっている。

「いえ、あの……べつに嫌だって言ってるわけじゃないんスけど……」

じいさんは、ふうん、と小さくうなずいただけで、チェックの終わったゴミ袋を拾い集めた。

そのまま、両手にゴミ袋を提げて、マンションの中に戻っていく。

なんだよ、こいつ、ゴミ漁りストーカーなのか?

俺はあわててじいさんを追いかけた。

「どうするんスか、そのゴミ」

「六時まで預かる」

「なんで？」

「あたりまえだろう、ゴミは朝六時から出すって決まってるんだから」

「預かるって……大家さんの部屋で？」

「他にどこがある」

面倒くさそうに答えて、入り口の階段をのぼる。

その背中が、さっき見たときより、ちょっとだけ人間くさく見えた。

スジ、通してるじゃん、意外と――。

「あの……」

俺はまたじいさんを呼び止めた。

しつこいなあ、といった様子で振り向くじいさんに、言った。

「このまえ、俺、レンタル猫の話、訊きましたよね」

「ああ……」

「なんで、あの猫をいつも借りてるんスか？」

「べつに、好きずきだろ、そんなの」

「あの猫が嫌われ者だからですか？」

思いきって、訊いてみた。あんたと同じように——とまでは言わなかったけど。

じいさんは、じっと俺を見つめた。

4

じいさんは「ちょっと来い」と言って、俺の返事を待たずに一人で歩きだした。命令口調にムッとしながらも、しかたなく、俺もあとにつづく。

じいさんの部屋は一階のいちばん奥。ドアを開けると、じいさんはまたもや命令口調で「入れ」と言う。

入った。

部屋は俺のより広かったが、置いてある家具は俺よりずっと少ない。飾り物のいっさいない殺風景な部屋の隅に、仏壇があった。じいさんの家族の……だよな、もちろん。つい好奇心にかられて仏壇の中を覗き込もうとしたら、じいさんはゴミ置き場から持ってきた不法投棄（って大げさ?）のゴミ袋をキッチンの床に置きながら、「線香ぐらいあげろ」と言った。

「どうやるんスか?」

「なんだおまえ、線香もあげたことないのか」

「はあ……」

もっと言えば、仏壇を見たのもテレビドラマの中でだけ。初めてのナマ仏壇ってやつだ。

じいさんは「ほんとに近頃の若いのは……」と苦々しげに言いながら、俺に代わって仏壇の前に立ち、ロウソクに火を灯し、線香に火を点け、チーンと鐘を鳴らした。

合掌するじいさんの後ろで、俺もかたちだけ手を合わせて、仏壇の写真を覗き込んだ。

五人――いっぺんに写った写真だった。

若い両親と幼い子どもが二人。

そして、じいさん……じいさん?

合掌を終えたじいさんに、思わず写真を指差して「いいんスか?」と訊いてしまった。

「なにがだ」

「いや、だって……大家さん、まだ死んでないスよねえ。仏壇に写真あるとまずいんじゃないスか?」

じいさんは黙って、じっと俺を見た。そんなことしか訊けないのかと、とことんあきれはてた顔だった。

年寄りは若者のクッセツした心理を読み取ってくれないから、困る。

俺だって――わかるさ。

わかるから訊けねーんだ、バカ。

ねえねえ、この幸せそうな家族って、みーんな死んじゃったのぉ?

なんてガキの口調で訊くしかねーだろ。

じいさんは俺の質問には答えず、ちゃぶ台の前に座った。俺は仏壇の前に残る。視線がはずれると、多少は気持ちが楽になる。写真の中の幼い子どもは、どちらも女の子だった。おねえちゃんが小学一年生ぐらい？　下はまだ幼稚園に入るかどうかだな。

「大家さん……事故かなにかっスか？」

低い声になった。シブい声でもあった。俺、自分がこんな声を出せるなんて知らなかった。

だが、じいさんは俺よりはるかに低く、シブい声で言った。

「火事だ」

「……マジっスか」

「このマンションを建てる前の家だ」

一戸建てを二つつなげた形の二世帯住宅だった。火元は、息子一家の暮らす家だった。真夜中だった。風の強い夜だった。息子の家のキッチンから出た炎は、瞬く間に家を覆い尽くした。

ぼそぼそとしゃべるじいさんの話をまとめると、なぜか『プロジェクトX』のナレーションみたくなる。

マジになれない。マジになるのが怖い奴なんだな俺——って、初めて気づいた、いままでの人生の、いろんなことも含めて。

じいさんは外に逃げた。

息子の家族も全員、逃げ出した。

だったら死ぬわけねーじゃん……とツッコミを入れる前に、俺の目は写真の中の、おねえちゃんに吸い寄せられていた。

おねえちゃんは薄茶色のものを両手で持っていた。あまりにも小さくて、最初はムートンのポシェットかなにかだと思っていた。

だが、それは――ちょうどエッコが拾ってきたチャーミーのような、小さな仔猫だったのだ。

まるで俺の視線の向いた先がわかっているかのように、じいさんは言った。

「猫が逃げ遅れた」

おねえちゃんは燃えさかる家の中に駆け戻った。妹もつられて駆けだした。お母さんが悲鳴をあげて二人を追いかけて、三人まとめてお父さんが追いかけて……そして……。

『火サス』でおなじみの、高いところから墜落する絶叫が響き渡る。

ごめん。

俺、やっぱりマジになるのが怖い。

マジになるのが怖い自分が、いま、すごく、嫌だ。

「……だから、猫が嫌いになったんスか？」

「猫は部屋を傷める」

「そういう問題じゃないでしょ」

「夜中に鳴くと近所迷惑だ」

「……ま、いいスけど」

じいさんと俺とは、タイプが正反対だ。

でも、根っこのところは、あんがい似てるのかもしれない。

「猫が嫌いなのに、隠れて飼ってる猫を見つけるのに猫を使うのって、ヘンじゃないスか？」

じいさんはなにも答えない。

「なんでいつも、あの猫なんスか？」

結局、質問はふりだしに戻ってしまった。

「あの猫じゃないとマズいんスか？」

じいさんは黙ったままだった。

まいったなあ、このくそじじい。もうほっといて帰っちゃおうかと思って、最後にあらためて仏壇の写真を見たとき、ふと聞き忘れていたことがあるのに気づいた。

「で、結局、仔猫も一緒に焼け死んじゃったんスか？」

じいさんはやっと口を開いた。

「逃げてた」

「はあ？」

「勝手に外に逃げ出して……次の日の朝になって、帰ってきた……」

「なんなんスか、それ！　マジっスか！」

ちょっと待てよおい、とその猫の首根っこをつかみたくなった。

てめえのせいでよお、この家族はよお、と叱りつけたい。

「……で、どうしたんスか？」

「どうした、って?」

「だから、そのバカ猫、処分とかしたんですか?」

「そんな言い方をするな」——ぴしゃりと言われた。「孫がかわいがってた猫なんだ」

「……飼ったんスか?」

「しばらくのうちはな。でも、やっぱり顔を見ると、息子や孫のことを思いだすから、知り合いに預けたんだ」

「それで?」

「たまに、家に帰ってくる」

「は?」

「孫も会いたがってるかもしれんからな、月に一度は里帰りさせる」

って——?

こ、と、は——?

あのバカ猫、クソ猫のザツは——?

って、ことだよな——?

だよな——?

だ、よ、な——?

いつものピアノの不協和音は鳴らなかった。

代わりに、ちゃぶ台の前にひとりぼっちで座るじいさんの背中が、急に小さく見えた。

俺の報告を聞いたエッコは、「なるほどねえ」と大きくうなずいた。

「おまえ、関係ないのに、なに納得してるんだよ」

「だって、ザツがもともと大家さんの家の飼い猫だったとしたら、いろんなことのスジが通るもん」

「そうか?」

「ザツにとっては、あそこ、自分の家なわけじゃない。そこに別の猫が住んでたら、そりゃあ鳴くって。でしょ? 縄張り荒らされてるわけだから」

「うん、まあ、だよなあ」

「あと、タッくんにつっかかるのも、タッくんのにおいに家のにおいが染みついてるからじゃないの?」

「なんか、すげえな。片平なぎさとか眞野あずさみたいじゃんよ」

じゃ、俺は船越英一郎かよ――って、ツッコミ入れたりして。

エッコは「はいはいはい、おもろいなあ、おもろいなあ」とへたくそな関西弁で投げやりに言って、すぐに真顔に戻ってつづけた。

「ザツがあんなに気性が荒い猫になったのも、なんか、わかる気がするなあ。仔猫のときにそんな体験しちゃうと、やっぱり、いろんなこと、影響受けちゃうと思うもん」

「猫なのにトラ、ウマ！」

無言で頭をはたかれた。

どうして俺は、こんなにすぐにおちゃらけちゃうんだろう。どうしていつも、マジから逃げてしまうんだろう。

エッコは俺を見捨てて、部屋の隅でチャーミーの遊び相手をつとめるザツを振り向いた。

「……ザツ、チャーミーに会って、仔猫だった頃の自分のこと、思いだしてるのかもね」

ぽつりと言った。


二泊三日のザツの滞在は、俺の体に無数の爪痕を残しただけで、まあ、なんとか無事に終わった。

「これでもうだいじょうぶなんじゃない？　ザツもチャーミーのにおい嗅いでも鳴かないでしょ」

安心顔のエッコは、さっそくチャーミーを連れて俺の部屋に引っ越してくる段取りを立てはじめた。

「じゃあ、俺、ザツを返してくるよ」

「そうね、よろしく」

ザツをバスケットに入れるとき、また手の甲をひっかかれた。でも、なんというか、おまえも苦労してきたんだなあ、と思うと、最初の頃のような怒りは湧いてこない。

バスケットの蓋を閉めた。

と、そのときだった。

チャーミーが鳴いた。か細い声で、みゅいーん、みゅいーん、ふゅーん、ふゅーん、とザッとの別れを惜しむように鳴きはじめた。

俺とエツコは顔を見合わせた。

「……なあ、俺、猫のことぜんぜん知らないんだけどさあ、チャーミーも、ザツのにおい、覚えたと思う?」

「覚えた……ね、これは」

「で、今度そのにおい嗅いだら、どうすると思う?」

「鳴く……ね、いまみたいに」

俺たちは声を揃えて、言った。

「ヤバいじゃん!」


だが、もう、とにかく、あとには戻れない。

「大家さんにばれちゃったら、そのときにまた考えればいいわよ。だいじょうぶ、だいじょうぶ」

エツコは、俺というより自分自身を元気づけるように言う。

「それにさ、あんがい鳴かないかもな、チャーミー。うん、俺、鳴かない気がするなあ、鳴かな

たぶん。

俺たちは二人とも、まっとうなおとなが見たらアタマに来るほど楽天的な性格なんだろうな、

俺はきっぱりと言う。

い、だいじょうぶ、鳴きません」

でも、二人を比べたら、俺のほうがはるかに甘い――わかってんだよ、それくらい。

そんなわけで、エッコとチャーミーは俺の部屋で暮らしはじめた。

そして。

土曜日が訪れる。

大家のじいさんがザツをレンタルする日――ザツの里帰りの一日。

俺たちは部屋の中でじっと息をひそめ、じいさんのペットチェックをやりすごすことにした。

うまいぐあいにチャーミーは昼飯をたらふく食って、うとうとしている。

これなら、なんとかなるかもしれない。

廊下を歩く足音が聞こえる。ゆっくりとした、リズムのない、足音――若い連中と年寄りは、

そこからして、もう、違う。

来るぞ、来るぞ、来るぞ……来た。

足音が止まった。

ザツは鳴かない。

よし、とガッツポーズをつくった瞬間——。

みゅーん。

チャーミーが鳴いた。

バカッ、と俺はあわててチャーミーの体の上にバスタオルをかぶせた。

エツコもチャーミーの背中を撫でて、なだめる。

だが、チャーミーは、みゅん、みゅうん、みゅううううん、と鳴きつづけた。

せつない鳴き声だった。

捨てられた仔猫が、無愛想な年上の友だちを求めて鳴く。

鳴きつづける。

バスタオルの下から抜け出して、玄関まで、飛ぶように走る。

鳴きつづける。

にゅう、にゅーご、ひゅん、ひゅうん、ひゅん、ひゅん……。

玄関のドアに爪まで立てた。

ザツは返事をしない。俺たちの事情をわかってくれているのか、ただ愛想のないだけなのか、とにかく鳴かない。

じゅん、じゅん、ぎゅん、ぐうううん、ぎぇん、ふがふがっ……。

チャーミーの鳴き声が濁ってきた。体当たりをするように、ドアにすがりついて、鳴きつづける。

エッコが立ち上がった。

しょうがないよね、というふうに俺を見て、寂しそうに笑って、玄関に向かった。

エッコがドアを開ける。

じいさんがザツを抱いて立っていた。

逆光になっているので、部屋の中にいるとじいさんの表情はわからない。

だが、じいさんは黙って、ザツを廊下に下ろした。チャーミーは嬉しそうにザツにまとわりつく。ザツはあいかわらず鳴かない。チャーミーに背中を登らせ、腹の下にもぐらせながら、ただいつものとおりの無愛想な顔で、どこでもないどこかを眺めていた。

俺はエッコを制して廊下に出て、じいさんと向き合った。

「……すみません。俺、猫、飼ってます」

頭を下げた。

覚悟はできていた。覚悟を決めなきゃいけないんだとも思ったたし、なんというか、ヘンな話だけど、覚悟を決めなきゃいけないと思った自分のことが、ちょっと嬉しかった。

じいさんは俺をじっとにらみつけて、それからエッコに目をやり、最後に足元のザツとチャーミーを見つめた。

「夕方、迎えに来るから」——低い声で、じいさんは言った。

「迎え、って?」

「この猫、遊ばせといてやれ」

呆然とする俺に代わって、エツコが「ありがとうございます！」と最敬礼した。

「それで……あの……猫、飼うのって……」

一瞬甘い期待を寄せたが、それを断ち切るように、じいさんは「禁止だ」と言った。

「……ですよね」

「出ていけ」

俺は黙って唇を噛みしめる。

じいさんはつづけた。

「一人前になって、ちゃんと働いて、金を貯めてから、出ていけ」

そのまま、歩きだす。

声をかけても、どうせ振り向かないのはわかっていたから、俺は黙ってじいさんを見送った。

じいさんは、ゆっくりと歩く。

その背中が大きく見えたり、小さく見えたり、また大きくなったり、縮んだり……俺、泣いてんだ、いま……。

旅に出たブランケット・キャット

1

タビーは最初から嫌な予感がしていた。レンタル猫の稼業を六年もつづけていれば、そこらあたりの勘はそれなりに鋭くもなる。

ケージからバスケットに移されて、バスケットごとカウンターに置かれた。蓋がゆっくりと開いて、二泊三日の飼い主とご対面――その瞬間、まずいぞ、と思った。

香水のにおいをぷんぷんさせたお姉さんだった。しかも、爪を長く伸ばした指には大きなリングまで。

「アメショーって、こんなのぉ？」

お姉さんから失望交じりの声が漏れた。

予感は的中した。

タビーだって知っている。タビーの縞模様は、ブラウンクラシック・タビー。世間一般にアメリカン・ショートヘアとして知られているシルバークラシック・タビー——銀色の地に黒い模様がくっきりと浮かぶ仲間に比べると、地味な印象を与えてしまう。販売用として売り時を逃してしまったのもそのせいかもしれない。

だが、タビーにはブランケット・キャットとしての、とびきりの適性があった。

ニンゲンなんて、たいした連中じゃないさ——。

仔猫の頃からそう思っていた。頭が良かった。冷ややかに醒めた性格でもあった。おかげで二泊三日の飼い主に情が移って別れを寂しがることもなく、ニンゲンの喜びそうなしぐさや鳴き声もちゃんとわかっていて、仕事だからと割り切って愛想良くふるまうすべも覚えていた。

レンタル猫の仕事に馴染めない仲間にはいつも、あんまり本気になるなよ、と声をかけてやる。この仕事は、いわば「ごっこ」だ。客は三日間だけ我が家に猫のいる暮らしを楽しみ、こっちは束の間、飼い猫の気楽な暮らしを楽しむ。それだけのことだ。環境の変化はもちろんストレスになるし、ろくでもない客に当たってしまったら苦労も増える。だが、贅沢を言えばきりがない。ペットショップの売れ残りの末路は……誰も表だっては口にしないが、タビーにはだいたい見当がついている。

俺たちは運がよかった——。

その幸運を幸福にしてしまえばいい。与えられた仕事をこなせば、食べるものと寝る場所は保証される。それでいい。それだけでいい。多くを望むな。ニンゲンにも、ニンゲンの都合で旅をする自分にも。

「他の色ってないんですかぁ？」

お姉さんはガムをくちゃくちゃ嚙みながら言った。ガムの嚙みカスをつい食べてしまった仲間が、ウンチがおなかの中で詰まってひどい目に遭ったのは、つい先月のことだった。

はずれの飼い主だ。とんでもなくでたらめな飼い方をされそうな気がする。たとえばドライタイプのキャットフードに牛乳をかけられたり、大嫌いなお風呂に入れられたり、そのあとドライヤーの熱風を至近距離で浴びせられたり……。

シルバークラシック・タビーの仲間は、いることはいる。だが、その子は先週から風邪気味で体調が悪い。ショップの店長もできれば貸し出したくないだろうし、こんな客だと万が一のことだってありうる。また出直されて、病みあがりの仲間を連れて行かれるぐらいなら、さっさと話をつけてもらったほうがいい。

やれやれ、とタビーは顔を上げ、お姉さんを見つめた。うまい具合にお姉さんの体がついたてになって、陽射しが来ない。まぶしさに瞳孔を細めているときよりも、薄暗いところで瞳孔を丸くするときのほうがニンゲンに受けがいいのも、タビーはよく知っている。

尻尾《しっぽ》を立てて、お姉さんに体をすり寄せた。にゃあっ、と軽く鳴き声もあげてみた。

「やだぁ、こいつ、なついてるぅ」

お姉さんは機嫌よく笑った。

すかさず店長が「ひとなつっこいんですよ」と言うと、お姉さんは、わかるぅわかるぅ、と何度もうなずいた。

「じゃあ、なついてるようですし……」

店長は微妙に心配顔ではあったが、タビーが念を押すように一鳴きすると、「よろしくお願いしますね」とレンタル申込書を受け取った。

抱き上げようとするお姉さんの手をさりげなくかわして、タビーは自分からバスケットに戻っていった。

「すげー、自分で入れるんだぁ、ヤッバーッ」

「頭がいいんです、この子は」

そう、タビーはブランケット・キャッツの中でもずば抜けて優秀な猫だ。

だから、ほんとうは、ときどき思う。

クールに要領よく振る舞いながら、ふっと翳《かげ》りが差すようにつぶやきが漏れる。

俺はなんのために生まれてきたんだろう。

頭で組み立てて浮かんできた問いではなかった。もっと深いところ。ココロなのかカラダなのか、とにかく自分の奥の、奥の、奥から声が聞こえてくるのだ。

いいのか、と。

このままでいいのか、と。

誰のものともつかない声はさらに、こんなふうにも言う。

忘れるな。

おまえの役目を忘れるな。

それが二泊三日の飼い主に醒めた愛想をふりまくことではないというのは、タビーにもよくわかっているのだが。


猫の六歳は、ニンゲンでは四十歳に相当する。中年だ。もう若くはない。人生の折り返し点に来て、自分の生きてきた道を振り返る年頃でもある。

よし、これでいいんだ、と胸を張って前に向き直るひとはめったにいない。たいがいはため息とともに力なく前を向く。後ろを振り向いたままうなだれて、そこから一歩も歩き出せなくなってしまうひとだっている。中年の危機、ミドルエイジ・クライシスである。

タビーも、どうやらその病に陥りつつあるようなのだ。


ショップを出たお姉さんは、助手席にバスケットを置いて車を走らせた。バスケットにはシートベルトを通す輪っかも付いていたが、自分もシートベルトなしで運転するお姉さんに、そんなものを探す気など端からなかった。

揺れる。はずむ。カーステレオの重低音がバスケットを震わせる。窓を少し開けているのだろうか、ごうごうという風切り音が、バスケットの中では嵐のように荒々しく響く。

タビーは毛布に頬をすりつけて目をつぶり、じっと耐えた。ブランケット・キャットの大切な適性である我慢強さと頑健さについても、タビーは優等生だった。これは仕事なんだから、と自分に言い聞かせれば、少々のことは辛抱できる。寒かろうと暑かろうと、快食、快便、快眠。病気にもかかったことがないし。ケガの治りも速いし、若い頃は喧嘩も強かった。

「レンタルでネコかわいがりされるだけじゃもったいないよな、おまえは」

店長にときどき言われた。

そのたびに、猫なんだからネコかわいがりされるのはあたりまえじゃないか、と苦笑交じりに思っていた。お客さんにかわいがられるのが俺たちの仕事——それ以外になにがある？

だが、最近タビーは思うのだ。

自分の奥の、奥の、奥の、そのまた奥。遠い、遠い、遠い、はるかに遠い記憶が、最近になってかすかによみがえるのだ。

揺られていた。こんなふうに。いや、もっと激しく、香箱座りもしていられないぐらいに。

暗かった。くさかった。サビのにおいと、カビのにおいと、埃くささと……あと一つ、しょっぱいような苦いような、あのにおいはなんだろう……。

危険なにおいだというのは、わかる。あのにおいに取り囲まれたらヤバい。だが、不思議とそれはなつかしいにおいでもあった。

車は急な坂を上った。坂のてっぺんでほんのわずかスピードをゆるめ、ピッという音とともにまた急加速する。

高速道路だ。加速の勢いでバスケットの隅に押しつけられたタビーは、うんざりしたため息をついた。バスケットの蓋を閉めての移動は三十分以内。それ以上になる場合は、三十分ごとに五分間の休憩。猫の体に負担のかかる高速道路はなるべく使わないように。店長が話した注意事項を、このお姉さんはことごとく無視するつもりらしい。

毛布にもぐり込んで、タビーはまた目をつぶる。こういうときは眠ってしまうにかぎる。元気がありあまっていた若い頃に比べると、うつらうつらとする時間が増えた。これから歳をとっていくにつれて、うたた寝の時間は長くなるのだろう。

悪くない。ぐっすりと眠り込むより、浅い眠りのほうが自分には合っている。これも中年猫になって初めて気づいたことだ。

ぬくぬくとしたねぐらで惰眠をむさぼるなんて間違っている。もっと緊張感を持って、かすかな物音や気配にもヒゲをピンと立てるようでなくてはいけない。最近しょっちゅう思う。いまの俺、だめだぞ、と自分にハッパをかけたくもなる。

そうだ、それがほんとうのおまえなんだ――。

また声が聞こえる。

忘れてしまったのか――?

声は、咎めるように自分の内側で響く。

だが、ほんとうの自分とは、いったいどんな自分なのだろう……。

タイヤの軋《きし》む音をたてて、車は乱暴に車線を変え、さらに大きくカーブした。

そのはずみに、バスケットの蓋がふわっと持ち上がった。ずぼらなお姉さんはバスケットの蓋に鍵を掛けることさえ忘れていたのだ。

蓋はすぐにまた閉まったが、まぶしい午後の陽射しと一緒に、風が吹き込んだ。

においがした。

なつかしいのに思いだせない、あのにおいだった。

車が停まる。エンジンを切ったお姉さんは「あー、喉渇いた」と言って、一人で外に出てしまった。

ショップから渡されたレンタルキットには、キャットフードやトイレもあるはずなのに、お姉さんはトランクに目を向けることもなく車から離れて歩きだした。

やれやれ。まったくもって、やれやれ。この調子だと命懸けの仕事になりそうだ。タビーは自分の頭で蓋を押し開けた。最初は顔だけ。だいじょうぶだな、と確かめてから、するりとバスケットから出た。伸びをして、毛づくろいをしていたら——また、あのにおいが鼻をくすぐった。

窓の外を見て、ああそうか、とタビーは気づいた。

海だ。車が停まったのは海の上にせり出して設けられたパーキングエリアで、なつかしいにおいの正体は潮の香りだった。

若い頃には何度か客に連れて行かれたこともあったが、最近はごぶさただった。昔も同じにおいを嗅いでいたはずなのに、すっかり忘れていた。いや、あの頃は、それをなつかしいと感じることはなかった。記憶にとどめておくべきにおいだとも思わなかった。ブランケット・キャットとしての日々がゆるゆると過ぎていくように、潮の香りもタビーの鼻をただ素通りしていくだけだったのだ。

だが、いまは違う。タビーは引き寄せられるように運転席に移り、細めに開けてあった窓に鼻を近づけた。深呼吸。潮の香りが鼻の奥から胸に流れ込んだ。

そうだ——。

声が聞こえる。

俺たちは海を渡って長い旅をしてきた。忘れるな。俺たちは海を渡る旅人を守ってきた。思いだせ。俺たちは荒野を西に進んだ。幼い旅人のそばに寄り添って、岩山を越え、川を渡り、砂嵐の中を進んで、湖のほとりで夜を明かした。

おまえは、俺たちの末裔《まつえい》だ——。

胸がどきどきしてきた。いてもたってもいられなくなった。冒険やいたずらが大好きだった若い頃のときめきとは、似ているようで違う。あの頃は足を一歩踏み出すことで新しい世界へ旅立てた。だが、いまは、たぶん逆だ。かつて自分がいた——ほんとうの自分の居場所へと向かわなければならない。

お姉さんがジュースを手に戻ってきた。タビーは運転席のシートの下に身をひそめた。ドアが開く。ひときわ濃密な潮の香りがタビーを包み込む。

飛び出した。

「ちょっと！　やだぁ！　なによ、それ！」

お姉さんの悲鳴を背に、一目散に走って逃げた。
中年のブランケット・キャットは、ほんとうの自分を探す旅に出た。

2

お姉さんの車からじゅうぶん遠ざかったところで、タビーは足を止めた。鼻を利かせながら、あたりを見まわした。運転手がちょうど乗り込んだばかりの小型トラックが目に止まった。コンテナ式の荷台ではなく、布の幌が張られた荷台で、うまいぐあいに後ろの囲いも開いている。エンジンがかかって身震いするトラックに、飛び乗った。もっとも、ジャンプ一発では届かない。そこが若い頃とは違う。ナンバープレートの真上のステップにしがみついてボディをよじのぼり、なんとか荷台までたどり着くと、トラックはすぐさま走り出した。

幌のせいで荷台は薄暗い。積んである荷物はすべて段ボール箱だった。ぎっしり詰まっているという感じではなく、身をひそめるスペースぐらいはつくれそうだ。

高速道路の本線に合流したトラックのスピードが落ち着くのを待って、荷台の奥へ進んでいくと、段ボール箱の隙間をかすかな光がよぎった。

うん？　と足を止め、息をひそめて様子をうかがった。段ボール箱の壁の向こうだ。奥まで箱が積み上げられていると思っていたが、壁の向こうは空いているのかもしれない。

体をうんと低くして、ゆっくりと奥に進んだ。ヒゲがすべてピンと立った。尻尾がふくらんだ。

ひさしぶりに味わう緊張感だった。いや、そのなつかしさは、タビー自身の記憶よりもずっと深いところから湧いてくる。タビーが生まれる前から——もっともっと昔から……。

壁に突き当たる手前で、横に曲がる広い隙間を見つけた。箱を積み上げるときに偶然できたのではない。はっきりと通り道として空けてある。

怪訝《けげん》に思いながら、その通路を、さらに身を低くして、這うように進んだ。積み上げた箱と箱の隙間から光がちらちらと見える。照明にしては位置が低い。明るさも弱い。トラックの震動とは別のリズムで、いかにも頼りなげに揺れている。

通路を抜けた。

目よりも先にヒゲが、広いぞ、と感じ取った。

その瞬間、光がまっすぐにタビーを照らした。まぶしさにたじろぐと、ニンゲンの声がした。

「ネコちゃん！」

小さな女の子の声だった。

タビーはあわてて通路を引き返し、ニンゲンの入れない狭い隙間にもぐり込んだ。

「お兄ちゃん、ネコちゃんだったよ！　いまのネコちゃん！」

「しーっ！　うるさいよ、エミ」

今度は男の子の声——。

「だって、ネコちゃんだったもん……」

「わかってるよ、オレも見たよ」

「なんでネコちゃんがいるの？」

「知らないよ」

「さっき停まってるときに乗ってきたのかなあ」

「知らないって、そんなの」

女の子——エミちゃんの声は公園で遊んでいるように元気だったが、男の子のほうはぶっきらぼうだった。

女の子は手に持った懐中電灯を振りながら、「にゃーあっ、にゃーあっ」と猫の鳴き真似をして、タビーを呼んだ。「ネコちゃん、どこ？　どこに隠れちゃったの？　にゃーあっ、にゃーあっ、出ておいでー、にゃーあっ」

あ、この子、いい子だ。タビーにはわかる。ダテに長年レンタル猫の稼業をつづけてはいない。文字どおりの猫なで声をさんざん聞かされてきたからこそ、それがつくりものかどうかはすぐに聞き分けられる。

だいじょうぶ。この声はほんもの。本気で猫と友だちになろうと思っている声だ。舌足らずなしゃべり方からすると、小学一年生ぐらい……もっと小さいかもしれない。

「エミ、うるさいって言ってるだろ！」

「だって……」

「見つかったらどうするんだよ！　兄ちゃん知らないぞ！」

兄貴のほうは、さっきから怒りどおしだ。小学五年生か六年生ぐらいだろうか。

兄ちゃんの声のほうがずっと大きいんだけどな、とタビーはあきれ、そういうところがニンゲンってバカなんだよな、と苦笑いも浮かべた。

だが、兄貴の声もただ怒っているだけではないんだと、タビーにはわかる。責任を背負ったリーダーの声だ。妹を守らなくちゃいけない、というプレッシャーがにじむ声だ。

そして、無邪気な妹の声も、緊張した兄貴の声も——不思議となつかしい。

タビーは積み上げた段ボール箱のわずかなずれを階段代わりにして、壁のてっぺんにのぼった。そっと覗き込むと、兄妹のいる壁の向こう側は、子ども二人がじゅうぶんに身を横たえられる広場になっていた。

その隅に、リュックサックが二つ、寄り添うように転がっていた。

思いだせ——。

また、いつもの声が響く。

俺たちは旅人とともにあった——。

おまえは、俺たちの末裔だ——。

タビーは宙を飛んだ。自分の意志でそうしたというより、自分の内側から聞こえてくる声に導かれて、壁のてっぺんから床に降り立った。

若い頃ほど軽やかな身のこなしではない。キャットタワーの最上段からダイブするのも最近は敬遠気味だ。それでも、タビーは飛んだ。中空で身をひるがえした。ずいぶんクッションがへたってしまった肉球も、がんばって着地の衝撃をやわらげ、体を支えてくれた。

「うわあっ！　お兄ちゃん！　見て！　ネコちゃん、ネコちゃんが帰ってきたよ！」

エミちゃんが歓声をあげた。

えへっ、とタビーははにかんで笑う。

誰かになにかを褒められて照れくさくなってしまうのも、考えてみればずいぶんひさしぶりのことだった。


エミちゃんに背中をなでられた。猫を飼った経験はないのだろう、いかにもおっかなびっくりの手つきだったが、「ネーコちゃん、ネーコちゃん」と歌うように繰り返す声はほんとうに優しくて、温かくて、まるで幼なじみの友だちと再会したみたいだった。

ずっと不安だったのかもしれない。

寂しかったのかもしれない。

二人がかくれんぼをしているわけではないのは、タビーにもわかる。

たぶん、家出。

でも——なんで？

タビーは、にゃあん、と小さく鳴いて、エミちゃんから離れた。段ボール箱の壁に背中を預けて座り込んでいる兄貴のほうに近づいて、足元に頰をすり寄せた。半パンにソックス、ズック、近所で遊ぶような身軽な格好だった。石鹸のにおいがかすかに残っている。ということは、まだ家を出てからそれほど時間はたっていないのだろう。

兄貴はタビーに目をやると、「あっち行ってろよ」とそっけなく言った。なでてもくれなかった。代わりに、爪を噛む。落ち着きなく、ガジガジと。

リュックサックにはネームプレートが付いていた。SATORU――サトルくんだ。

サトルくんは懐中電灯の明かりが届かない暗闇をじっと見つめ、考え込んでいる。影になった横顔に、不安と、後悔が覗く。

「……あっち行けって、邪魔だよ」

サトルくんは足の位置を変え、タビーとエミちゃんに背中を向けた。

だが、タビーはサトルくんの足元から離れない。自分でそうしようと思ったわけではなかった。ごく自然に。そうするのが当然のように。なぜだろう。わからない。自分のカラダとココロなのに、自分のものではないみたいだ。

「お兄ちゃん、このネコちゃん、なんていう種類?」

エミちゃんに訊かれたサトルくんは、あらためてタビーを見て、「アメショーだ」と言った。

「アメリカのネコちゃんなの?」

「アメリカン・ショートヘア」

「もともとはな」

くわしいなあ、とタビーは感心した。地味なブラウンクラシック・タビーなのに一発でわかるってことは、意外と、サトルくんは猫好きなのかもしれない。

「あ、でも、もともとのもともとは違うんだ」

サトルくんは言った。

「そうなの?」――エミちゃんだけではなく、タビーだって、ニンゲンの言葉がしゃべれたら声をあげていた。

「最初の最初は、イギリスだよ」

初めて知った。ショップでブリード猫をつとめるチャーチル、いかにもふてぶてしいボス猫顔をしたあいつは、たしか、ブリティッシュ・ショートヘアだった。精力ゼツリンの体力を活かして、スコティッシュフォールドのお嫁さんを取っ替え引っ替えしているあいつと同郷ってこと――?

「イギリスなのに、なんでアメリカなの?」

きょとんとするエミちゃんに、サトルくんは「アメリカっていう国は、イギリスのひとたちがつくったんだ」と言った。「船に乗って、大西洋っていう広ーい海を渡って、アメリカに引っ越してきたんだよ」

「そうなの?」

エミちゃんと同時に、タビーも、にゃあっ、と鳴いた。

「そのとき、一緒にイギリスから連れてきた猫が、アメショーのご先祖さまなんだ」

「ペットだったの?」

「っていうより、仲間だよ。船の中で食べ物をネズミから守ったり、アメリカ大陸に上陸してからも、ヘビとかクモとか、ヤバい生き物からニンゲンを守ってくれたんだ」

「すごーい！」

エミちゃんは目を丸くして驚いた。

タビーの頬もぷくんとふくらんだ。

そうか——と、やっと気づいた。あのなつかしいにおいは、大西洋の潮の香りだった。自分のココロとカラダの奥深くから聞こえてくるのは、船に乗って海を渡ったご先祖さまの声だった。

そうだ——。

声が聞こえる。

俺たちは旅人とともにある猫だ。開拓の民とともに、道なき道を進んだ猫だ。おまえのがっしりした四肢と、グッと張った顎、太い首、大きな頭、厚い胸板、物怖じしない性格……すべては荒野ではぐくまれ、殺風景な開拓村の路地で鍛えられた。

おまえは、俺たちの末裔だ——。

「すごいね、ネコちゃん」

エミちゃんはタビーの前にしゃがみ込んで、背中をなでた。

そこもいいけど、お気に入りの場所はここだよ、とタビーが首を伸ばすと、サトルくんが初めて顎の下をなでてくれた。

なかなかの指づかいだ。猫のよろこぶ場所やなで方を、ちゃんと知っている。サトルくんはエミちゃんと違って、猫を飼ったことがあるのだろう。でも、兄妹なのに、なんで——?

わからないことはたくさんある。

だが、タビーはサトルくんに顎の下を、エミちゃんに背中をなでられながら、目を閉じて、喉をごろごろと鳴らした。

「お兄ちゃん、ネコちゃんよろこんでるよ」

「うん……」

「かわいいね、ネコちゃん」

エミちゃんがうれしそうに言うと、サトルくんは黙ってタビーから手を離した。

「どうしたの?」

「猫なんて……かわいくないよ」

そっぽを向いて、「今度の休憩のとき、捨てちゃうからな、こいつ」と言った。

「えーっ、かわいそう、そんなの」

「いいんだよ、どうせ勝手に入ってきたんだから」

「だって……」

「嫌いなんだよ、猫なんて。わがままだし、ひっかくし、イタズラするし、毛が抜けるし。ウンチやオシッコがくさいし、サイテーなんだよ」

ずいぶんな言われようだったが、不思議と腹は立たなかった。サトルくんのキツい言葉の裏にある悲しさを、タビーはちゃんと読み取っていたから。

エミちゃんは「でも……」と、すがるように言った。「このネコちゃん、捨てたりしないでね」

「邪魔だよ」

「でも、だめ」

声が震えた。タビーの背中をなでる手も止まった。

「このネコちゃん……捨てられたら、わたしたちと同じになっちゃう……」

「違う！」

サトルくんは声を張り上げた。エミちゃんに背中を向けて「そんなの全然違う！」と暗闇に怒鳴った。

悲しい声だ、とタビーは思う。サトルくんもエミちゃんも、二人とも。

レンタル猫として数えきれないほどの家庭に迎えられた。二人と似たような年格好の子どもたちにもたくさん会ってきた。だが、こんなに悲しい声で話す子どもに会ったのは、これが初めてだった。

「捨てたのは、オレたちのほうだ」

サトルくんは暗闇に向かって言った。「オレとエミが、あいつを、捨ててやったんだ」と自分に言い聞かせるようにつづけた。

あいつ――？

わからない言葉が出てきた。

エミちゃんは返事の代わりに、タビーの背中をまたなでた。小さな手のひらが何度も何度もタビーの背中を滑っていった。

長い沈黙のあと、サトルくんはぽつりと言った。

「ごめん……猫、捨てたりしないから」

そっぽを向いているので顔はわからない。

ただ、声に涙が交じっているのを、タビーは確かに聞いた。

3

トラックは高速道路を走りつづける。

タビーはエミちゃんの膝に乗った。仕事でもめったにやらない大サービスだ。

「ひとに慣れてるな、この猫」

サトルくんの態度から、少しずつそっけなさが薄れてきた。

「捨てられちゃったのかなあ」

「逃げてきたんだよ」

「そう?」

「うん、絶対にそう。だって、こいつの顔、全然おびえてないし、寂しがってないもん」

けっこうするどい。「こいつ」呼ばわりはナンだが、褒め言葉なんだということにして、許してやった。

「アメショーって、気が強いんだ。たくましいし、ひとりぼっちでも平気で生きていける猫なんだよ」

「マロンは？　マロンはどうだったの？」

「マロンは雑種だけど……ちょっと甘えん坊だった」

「ママに甘えてたの？」

「みんなに」

「わたしにも甘えてくれてたかなあ」

「うん、甘えてたよ、オヤツちょうだいオヤツちょうだい、って」

ちょっとおどけたサトルくんの言葉に、エミちゃんは「やだぁ」と笑って、「マロンに会いたかったなあ……」とつぶやいた。

「しょうがないよ、兄ちゃんが生まれたとき、もうおばあちゃんだったんだから」

「ママも新しいネコちゃん飼ってくれればよかったのに」

「マロンの思い出が残ってるから、別の猫を飼うと悲しくなっちゃうって言ってた」

ははーん、なるほど、とタビーはうなずいた。サトルくんだけ猫の扱いに慣れている理由がわかった。エミちゃんが生まれる前にはマロンという猫がいたのだ。きっと家族にかわいがられていたのだろう。

「ママ、いまも悲しいのかなあ」

「マロンのこと？」

「じゃなくて……お兄ちゃんとわたしのこと。向こうの家で思いだして、悲しくなってるのかなあ」

向こうの家――？

また、わからなくなった。

サトルくんは答えなかった。「どう思う？」とエミちゃんにうながされても、黙ったまま、だった。

「ねえ、お兄ちゃん……」

「エミ」

「うん？」

「オヤツ、食べよう」

サトルくんはリュックサックを手元に引き寄せて、中からスナック菓子を取り出した。

エミちゃんは「ネコちゃんにもあげていい？」と声をはずませた。ママの話は宙ぶらりんのまま――忘れてしまったのではなく、忘れたふりをしたんだな、とタビーは思う。その証拠に、お菓子を受け取るとき、エミちゃんはサトルくんと目を合わせようとしなかった。

「はい、ネコちゃん」

エミちゃんはお菓子を手のひらに載せた。

こういうこと、ほんと、俺、やらないんだぜ、特別なんだぜ、実際の話……とタビーはぶつくさ言いながら、手のひらに顔を近づけた。もっとも、エミちゃんやサトルくんの耳には、タビーのぼやきは、にゃあにゃあ、とお菓子に大喜びする声にしか聞こえなかったのだが。

ぺろっ、と舌でお菓子をすくった。さかなの形をした小さなお菓子だった。しょっぱい。歯ごたえもほとんどない。表面を嚙みくだいたら、中にはなんにも入っていなかった。拍子抜けした気分だったが、ここまで来たらついでだ、手のひらをもっとなめてやった。

「くすぐったーい、やだぁ、もーお」

エミちゃんはあわてて手のひらをひっこめて笑った。その笑顔が、明るくなったり暗くなったりする。懐中電灯が揺れた——違う、揺れたのではなく、電池が切れかけて、まばたきを始めたのだ。

「エミ、スイッチ切るぞ」

「えーっ、だめ、真っ暗、怖い」

「しょうがないだろ、夜になったら懐中電灯がないとどこにも行けないんだから」

「やだやだやだ、怖い、怖い、お兄ちゃん、だめ」

「まいったなあ、乾電池、古かったのかよ。あいつ、ほんとにサイテーだよなあ……」

あいつ——？

さっきの「あいつ」と同じなのだろうか。

「エミ、だいじょうぶだって、兄ちゃん、ここにいるんだから。手、つないでてやるから」

ほら、とサトルくんはエミちゃんの手を取った。強く引っぱったのでエミちゃんは体のバランスをくずして横に倒れそうになる。膝に乗ったタビーも、おっとっと、と落っこちないようにあわてて身をよじった。

なぜだろう。自分でもわからない。そんなのさっさと降りてしまえばいいのに。エミちゃんの膝は小さすぎて、さっきから窮屈でしかたなかったのに。

だが、確かに、ほんの一瞬にして、ここから降りてはいけないんだ、と思ったのだ。俺はエミちゃんから離れないぞ、と誓ったのだ。

そうだ、それでいいんだ——。

ご先祖さまの声がする。

幼い旅人に寄り添え、幼い旅人を守れ、それが俺たちの役目だったんだ。

サトルくんは懐中電灯のスイッチを切った。

荷台は真っ暗になった。エミちゃんがサトルくんの手をぎゅっと握るのが、気配でわかった。

タビーは暗闇を見つめる。ニンゲンの暗闇も、猫にとってはむしろこれこそが、我が世界だ。

ヒゲが立ち、耳がグッと張って、尻尾もふくらんだ。

怪しいヤツがいたら——。

サトルくんとエミちゃんに危害を与えるヤツが現れたら——。

俺が相手だ。

喉が、ふーっ、と鳴った。全身の毛が逆立った。

俺の爪や牙は、闘うためにある。

俺の勇気は、旅人を守るためにある。

俺は海を渡り、荒野を旅した猫の末裔だ……。


最初はカチンコチンにこわばっていたエミちゃんの膝だったが、暗闇に目が慣れてくると、緊張もほんのわずかほぐれた様子だった。

「意外と明るいね」

「だろ？」

サトルくんは自慢げに――そしてホッとしたように「だから言っただろ？」と笑った。

実際、外の明かりが幌を透かして、二人にも段ボール箱の壁の輪郭ぐらいは見て取れる。タビーにとってはなんの不自由もない明るさだ。だいじょうぶ。怪しい気配なし。

「このネコちゃん、飼いたいなあ」

エミちゃんはタビーをなでながら言った。今度は背中ではなく、お兄ちゃんを真似て、喉の下を軽くひっかくように。そうそう、ここ、ここなんだ、とタビーも喉を鳴らして応えた。

サトルくんはため息をついて、「無理だよ。あいつ、猫なんて嫌いだから」と言った。また――「あいつ」が出てきた。

「そうなの？」

「……どうせ嫌いだよ」

「でも、このまえテレビのコマーシャルにネコちゃんが出てたら、かわいいーっ、とか言ってたよ、新しいママ」

新しいママ——？

「そんな言い方するなって言ってるだろ」

サトルくんは怒った声になる。

「……ごめん……ママ、だよね」

「違うって！」

怒鳴って、いらだたしげに舌打ちして、「ママは一人しかいないんだよ」と言う。

「でも……ママって呼ばないと、パパに怒られちゃう……」

「いいんだよ。あんなのママじゃない、あいつはニセモノなんだから」

だってそうだろ、とサトルくんは早口につづけた。

「兄ちゃんやエミを産んだのって、ママだろ。あいつじゃないだろ。だったら、あいつがママの代わりになんかなれるわけないだろ」

なるほど。

ってことは、要するに——。

エミちゃんの手が止まった隙に、タビーはそっと膝から降りた。するするっと、段ボール箱の壁をのぼる。てっぺんに着くと、ゆっくりと毛づくろいをする。ものごとを整理して考えるときは、高い場所にかぎる。

サトルくんの言う「あいつ」の正体は、なんとなくわかってきた。二人がトラックの荷台に乗っている理由も、なんとなく。

ニンゲンっていうのは、ずいぶんココロが繊細なんだな、と思う。猫の世界にも、確かにいつまでたっても毛布をチュパチュパ吸うのをやめられない子もいるし、年上の猫のおなかをさぐっておっぱいを探す子もいるのだが、それはニンゲンが「ママ」にこだわる気持ちとは、ちょっと違うような気がする。

タビーは、自分を産んでくれたママのことは、もう覚えていない。きょうだいが何匹かいたはずだが、それも、もう忘れた。ブリーダーのキャッテリーからショップに移ったのは、生後三カ月になるかならないかの頃だった。ショップの店長やスタッフにはいろいろとお世話になったが、「ママ」とは違う。販売用として売れ残って、レンタル猫としてショップに残り、毛布とともに二泊三日の旅を繰り返して……いまでは顔もにおいも覚えていないたくさんの客を「ママ」と呼ぶつもりはない。いままでもなかったし、これからだって、断じて。

ねえ、サトルくん。

ちょっと聞きなよ、エミちゃん。

ニンゲンの言葉がしゃべれるのなら、言ってやりたい。

みんなひとりきりなんだよ。一人で生きていくんだ。人生が長い長い旅なら、その旅は、やっぱり一人旅なんだよ。親友だって、夫婦だって、親子だって、いつかは離ればなれになってしまうんだ。だから、「ママ」がホンモノだとかニセモノだとか、新しいとか古いとか、そんなのどうだっていいんだよ。そう、さっきからずっと手をつないでいるきみたちだって、いつかは、別れるときが……。

あれ？

タビーは目をしばたたいた。

あわてて前肢の毛づくろいを始めて、気持ちを落ち着かせた。

どうした？

どうしちゃった？

急に悲しくなってきた。胸が熱くなり、締めつけられるように痛くなって、耳がクタッとしおれた。

そのときだった。

トラックのスピードが急に落ちた。どうしたんだ？　と思う間もなく急なカーブをぐるぐる回って、停まった。

そして、すぐに発進。

「高速、降りちゃった……」

サトルくんが言った。

「着いたの？　ママのおうち、着いたの？」

エミちゃんの言葉には応えず、懐中電灯を点けた。

「エミ、リュック背負ってろ」

「え？」

「信号で停まったときに……降りるぞ」

サトルくんは早くも中腰になって、自分のリュックを背負っていた。

サトルくんは荷台の端から幌をそっとめくって外を見た。

「なにか見える？　ここ、どこ？」

後ろから覗き込むエミちゃんの足元には、タビーもいる。猫も連れて行く、とサトルくんが言ったわけではない。タビーにしても、これからどうするか、自分でもわからない。

ただ、サトルくんが幌をめくったときに目の前に広がる風景を見て、思った。

ああ、これだ――。

埋め立て地だった。まだ「街」としての形ができていない荒野のような土地が、傾いた午後の陽を浴びている。資材置き場や倉庫がぽつんぽつんとあるだけで、あとはずっと、猫の目で見わたすかぎり、草ぼうぼうの空き地が広がっている。

俺たちは、ずっと昔、こんな風景の中を旅してきたんだ――。

「俺」ではなく、「俺たち」という言葉が、すんなりと浮かんだ。

俺たちは、荒野を往く旅人といつも一緒だった――。

聞こえてくるのは、いつもの誰ともつかない声ではなく、タビー自身の声だ。

トラックが停まった。

「信号？」

エミちゃんが訊くと、サトルくんは「しーっ！」と口の前で指を立てて、身をかがめ、じっと息をひそめた。

信号ではなかった。運転席から降りてきたドライバーは、「うーっ、しょんべん、しょんべん」と道ばたに立って、作業ズボンのファスナーを下げたのだ。

サトルくんはエミちゃんを振り向いた。

「降りるぞ」

「ここで？」

「街に出ちゃうと、降りるときに誰かに見つかっちゃうかもしれないだろ」

「でも……」

「だいじょうぶ、ほら、兄ちゃんが先に降りてやるから」

サトルくんは荷台のリアに手足をうまく掛けて、地面に降りた。うまくいった。口笛を吹きながらおしっこをしているドライバーに気づいた様子はない。幌をバタバタと鳴らす強い風も幸いしたようだ。

「よし、じゃあエミ、降りろ」

「怖い……」

「平気だって。兄ちゃんが下から支えてやるから」

ほら、がんばれ、とサトルくんは両手を大きく広げて、エミちゃんを抱きとめる体勢をとった。

だが、エミちゃんは荷台から片足を下ろしただけで身がすくんで、動けなくなってしまった。

早くしろよ、早く、とサトルくんが身振りでせかしても、だめだめ、だめだよぉ、と泣きだしそうになってしまう。

ドライバーの口笛が止まった。おしっこが終わった。

時間がない。

早く早く早く、とサトルくんの顔もゆがんだ。兄ちゃんがいるから、だいじょうぶだから、思いきって飛び降りろ！

タビーは二本足で立った。背伸びをして、エミちゃんの背中のリュックをひっかいた。

エミちゃんが振り向く。タビーはリュックに飛びついて、爪を立てる。

それを見て、サトルくんが、リュック投げちゃえ、と身振りで示した。リュックを先に落として、少しでも身軽になれ。

あ、そうか、とエミちゃんはリュックを下ろした。それを拾い上げたのは、タビーだ。肩掛けを嚙んだ。これくらいへっちゃらな重さだ。顎の丈夫さだったら、どんな猫にも負けない。俺のご先祖さまは、野ネズミや野ウサギだって捕まえて、獲物をくわえて持ち帰ったはずだから。

タビーは荷台の縁に前脚をかけて、くわえたリュックをサトルくんの手に落とした。ナイスキャッチ。タビーの行動にあっけにとられていたサトルくんも、キャッチしたリュックを抱いて、よしっ、というふうに笑ってくれた。

旅人に寄り添うってのは、こういうことなのかもしれないな。タビーもうれしくなった。かわいがってもらうだけではなく、ちゃんと役に立っている。働き猫。ワーキング・キャット。それがほんとうの自分なんだとわかった。ご先祖さまの活躍していた頃からずいぶん長い歳月が流れ去ったが、この体に脈々と流れるアメリカン・ショートヘアの血には、開拓の汗と涙が、いまもちゃんと溶け込んでいる。

いや——感慨にひたっている暇はない。トラックが揺れた。ドライバーが運転席に戻ったのだ。ドアが開いて、閉まる。エンジンはかけっぱなしだ。サイドブレーキを解除して、ギアを入れて、アクセルを踏み込めば、その瞬間——兄妹は、離ればなれになってしまう。

タビーはエミちゃんをじっと見つめた。ニンゲンの言葉をしゃべれないのがもどかしい。それでも、猫の本気は、ニンゲンにだって伝わるんだと信じた。

いい？　エミちゃん、こうだよ、こう。

タビーにとっては、どうということのない高さだ。ジャンプ一発でふわりと着地できる。たとえ跳ばなくても、頭から地面に突っ込むような格好で荷台を垂直に降りていっても平気だろう。

だが、タビーはわざと、荷台にしがみつくような格好で、足から地面に降りた。エミちゃんにお手本を示した。

それを見て、エミちゃんもこっくりとうなずき、タビーを真似て後ろ向きになった。慎重に足を下ろす。荷台の囲いについた突起につま先がかかる。よし、いいぞ、とタビーは地面からエミちゃんを見守った。万が一、エミちゃんが途中で落っこちて、サトルくんもそれを受け止めきれなければ、すばやくエミちゃんと地面の間に入ろう、と決めた。

もっと体が大きければ支えられるのだが、それはいまさら言っても詮ないことだ。下敷きになればいい。グシャッとエミちゃんの体で押しつぶされても、いい。少しでもクッションになって衝撃をやわらげることができれば、エミちゃんはケガをしないですむだろう。

俺はだいじょうぶ。そう、俺は、平気。骨太、肉太のがっしりした体は、そのためにある。もふもふしたボリューム豊かな毛は、そのためにある。骨はじょうぶだ。仔猫の頃から煮干しをたっぷり食べてきたのは、今日の、いまの、この瞬間のためだったのだろう……。

エミちゃんの体は、少しずつ地面に近づいた。その調子、そうだ、いいぞ、とサトルくんが小声で応援する。

トラックがまた揺れた。サイドブレーキを解除する音が聞こえた。

あとちょっと。あと少し。がんばれ。がんばれ。急いで。でも、あわてずに。

エミちゃんが荷台のフックから手を離したのと同時に、トラックは発進した。

サトルくんはエミちゃんの体を両手と胸でしっかりと抱きとめた。

4

埋め立て地の荒野を、幼い兄妹と一匹の猫が歩く。

最初は元気いっぱいに——けれど、やがて、とぼとぼと重たげな足取りになって。

道路は、高速道路のインターチェンジから延びる一本道だった。街は遠い。目に見えるよりも、実際に歩いてみると、さらに遠い。

空の色は、もう夕方だった。

暗くなるまでに街に着かなければ、ここで野宿になってしまうのだろうか。タビーはサトルくんとエミちゃんの背負ったリュックサックにちらりと目をやった。テントや寝袋は、もちろんない。食べ物だって、さっきのスナック菓子以外に、いったいなにがあるのか……。

ヤバいなあ、とタビーは目を落とす。雑草だらけの空き地には虫がたくさんいるだろうし、ネズミだって棲んでいそうだ。だが、ネズミを捕まえても——二人が喜ぶわけないよなあ、と尻尾をしゅんと垂らした。

さっきから少しずつ遅れがちになっていたエミちゃんが、「お兄ちゃん……」と半べその顔と声で言った。「足が痛いの」

「がんばれよ、もうちょっとだよ」

「疲れて、歩けない」

「そんなこと言うなよ」

「だって……」

エミちゃんはガードレールに手をついて、そのまましゃがみ込んでしまった。サトルくんが「なにやってるんだよ、ほら、がんばれよ」と声をかけても、力なく首を横に振るだけで、立ち上がりそうな気配はない。

タビーだって、ほんとうは疲れきっていた。こんなに長い距離を歩いたのはひさしぶり、いや、生まれて初めてかもしれない。

「置いてくぞ」

サトルくんは口をとがらせて歩きだした。

エミちゃんはとうとう声をあげて泣きだしてしまった。

二人の距離が広がる。

タビーはサトルくんの背中を追ってダッシュしかけて止まり、エミちゃんのもとに戻りかけて、また止まり、サトルくん、エミちゃん、サトルくん、エミちゃん、交互に目を向けて、身動きとれなくなってしまった。

どうしよう、どうしよう、どうしよう、どうしよう……。

初めてだ。頭の中が真っ白になってしまった。いつも冷静に、割り切って、醒めたココロで行動していたタビーが、いまは胸をドキドキさせて、どうしていいかわからなくなって、ただ、二人のためになにかをしてあげなきゃいけないとだけ思って、途方に暮れてしまった。

「お兄ちゃん……待って、行かないでよお、エミをひとりぼっちにしないでよお……」

ひとり——。

タビーはずっと一人で生きてきた。

ニンゲンだって、猫だって、この世に生きとし生けるものはすべて、結局はひとりきりなんだ、と思っていた。

いま気づいた。

ひとりきりと、ひとりぼっちは、似ているようで違う。

誰かと一緒にいたいのに一人になってしまうのが、ひとりぼっち――。

エミちゃんだって、ひとりきりの人生を歩んでいく。

だが、それは、ひとりぼっちの人生であってはいけない。

「人生」なんて大げさだけどさ、とりあえず、いまだよ、いま、エミちゃんをひとりぼっちにするわけにはいかないじゃないか――。

タビーはサトルくんを追いかけた。後ろから、ふくらはぎをひっかくつもりだった。もしもサトルくんがつまらない意地を張るのなら、嚙みついてやってもいい。

覚悟はできていた。荒野を開拓した鋭い爪は、いつでも準備ＯＫ。

ところが、タビーがあとちょっとのところまで迫ると、サトルくんは不意に足を止めた。もう、サイテーだよ、ほんと、と大きく息をついて、エミちゃんを振り向いた。

「ちょっと休憩しよう」

戻ってくる。

怒った顔をしていながら、優しい目をして、悲しそうに口をとがらせて、エミちゃんが顔を上げると「兄ちゃんも、ほんとは疲れてたんだ」と無理して笑う。

いいな、いいな、こういうの、すごくいいな。タビーはまたむしょうにうれしくなって、サトルくんを先導するように、胸を張って前を歩いた。

「おい、猫、アメショー」

サトルくんはタビーに言った。ひどい呼び方だったが、声は優しかった。

「おまえ、どっかに逃げてもいいんだぞ」

おあいにくさま。

後先考えないこの二人を無事に旅の目的地に送り届けるのが、タビーの役目だ。

決めたのは、いま。

だが、ほんとうは、それはもう、ずうっと昔から決まっていたことなのかもしれない、とも思った。

でも――。

この二人の目的地って、いったい、どこなんだ……?


サトルくんとエミちゃんは歩道に座り込んで、サトルくんがリュックから出したペットボトルのお茶をかわるがわる飲んだ。

「ネコちゃんにもあげるね」

泣きやんだエミちゃんは、鼻をぐずぐず鳴らしながら、空になったコンビニ弁当の容器を歩道の脇から拾ってきて、そこにお茶を注いでくれた。

「こいつ、変わった猫だよなあ。全然逃げないんだもんなあ」

サトルくんがあきれて言うと、エミちゃんは「わたしたちのことが気に入ったんだよねー、ネコちゃん」とタビーの背中をなでて、「いいこと思いついたっ」と声をはずませた。

「あのね、このネコちゃん、ママにプレゼントしてあげるの。ママ、びっくりして、よろこんでくれるよ。それでね、わたしやお兄ちゃんも、ネコちゃんがいるから、しょっちゅうママのところに遊びに行けるの。ね、そうしたら、ほら、ね、ママもね、いま遠くに引っ越しちゃったけど、またね、昔みたいにね、一緒のおうちに住めるかもしれないでしょ?」

サイコーのアイデアだという自信たっぷりに、エミちゃんは一息に言った。

だが、サトルくんは黙ったままだった。

「どうしたの?」と訊くエミちゃんから、目もそらした。

エミちゃんの顔に不安の影が差した。それを振り払って、「ママのおうち、もうすぐなんだよね?」と笑う。

サトルくんはくちびるを噛みしめて、夕陽をにらみつけた。

「……エミ」

「なに?」——声が震えたのは、きっと、エミちゃんのココロの中にも、かすかな予感があったからだろう。あとになってタビーは思う。サトルくんがずっと、なにも言わなかった、言えなかった理由についても。

「ママのうち、遠いよ」

「遠いって……どれくらい?」

「すごく」

「歩いて行けない?」

「行けない」

「じゃあ、バスだと？」

「……もっと遠いんだ。もう、会えないぐらい遠いんだ」

「でも、待ってるんでしょ？　ママ、待ってるよ、早く来ないかなあって」

サトルくんは夕陽をにらんだまま首を横に振って、静かに言った。

「ママは、もう新しい猫を飼ってるよ」

「そうなの？」

「うん……」

「あ、でも、じゃあ新しいネコちゃん見せてもらえるよね？」

サトルくんは、また首を横に振った。

ごめん、の形に口が小さく動いた。うそついて、ごめん。

声は聞こえない。エミちゃんの位置からだと口の動きも見えない。なのに、エミちゃんの目は潤んできた。

「ママは、もう、新しい家のひとになっちゃったんだ。パパと離婚して、再婚して、パパも再婚して……昔みたいに、兄ちゃんとエミとパパとママの四人で集まること、ないんだ」

今度はエミちゃんが黙ってくちびるを噛んだ。うつむくと、涙がぽつんと落ちた。

「ごめん……エミ、ごめん……兄ちゃん、最初から知ってたんだけど……エミがあんなにママに会いたがってて、楽しみにしてたから……嘘ついた、ごめん……ごめん……」

サトルくんの目からも涙がこぼれ落ちた。いままでずっとこらえていたぶん、涙はエミちゃんよりもたくさん、たくさん、とめどなく頰を伝って顎からしたたり落ちた。

どうしよう――。

タビーはまた、エミちゃんとサトルくんを交互に見た。

なにができる？　二人になにをしてあげられる？　わからない。でも、なにかをしてあげたい。お客さんでも飼い主でもない、旅の相棒たちがまた笑い合えるように、なにかを、自分のできることならなんでも、してあげたい……。

インターチェンジのほうから、車が一台走ってきた。

タビーは車道に飛び出して、わざとふらふらして、座り込んで、ついでに寝ころんで、車のドライバーの注意を惹いた。

狙いどおり、車はスピードをゆるめ、車道の真ん中に居座っているタビーにクラクションを鳴らした。だが、タビーは動かない。怖くても逃げない。

車はタビーのすぐ前で停まった。よし、とタビーはボンネットに飛び乗って、こっちを見て、こっち、と歩道に顔を向けた。

ドライバーはおばさんだった。タビーにつられて歩道に目をやって、座り込んで泣きじゃくっている兄妹に気づいて、あわてて車から降りてきた。

「ちょっと！　あんたたち、どうしたの？」

ニンゲンなんて、たいした連中じゃない――。

ずっとそう思っていた。

正直に言うと、いまでも、ココロの半分ぐらいは、変わらず思っている。

だが、残り半分のココロで、ニンゲンをちょっと見直した。

サトルくんとエミちゃんを車に乗せて警察署まで連れて行ってくれたおばさんも、二人を一言も叱らなかった警察署の迷子担当のおじさんやお姉さんも、なかなかいいところあるじゃないか、と褒めてやりたい。猫に褒められてもうれしくないかもしれないけれど。

エミちゃんは警察のお姉さんに温かいミルクとジャムパンをごちそうしてもらった。

サトルくんは別の席で、メモを取るおじさんに家出の理由やいきさつを話していた。

ぜんぶぼくのせいです、ぼくがエミを無理やり連れ出したんです、エミは全然悪くありません、だから、逮捕されるのは僕だけにしてください……。

「逮捕なんかしないよ」

おじさんはにっこりと笑って、「サトルくんは優しいお兄ちゃんだなあ」と言ってくれた。

隣の部屋から、警官の制服を着たお兄さんが入ってきた。

「おうちのひとに連絡つきました。すぐにお母さんが迎えにいらっしゃるそうです。あと、間に合うようならお父さんも」

お母さん――。

新しいママだ。

お兄さんはサトルくんを振り向いて、ちょっとだけ怖い顔になって言った。

「お母さん、お昼からずーっと二人のこと探してたらしいぞ。町じゅう探し回ってもいないから、警察に届けようと思ってたところだったんだって」

サトルくんは「はい……」と小さく応えて、なにかを悔しがっているような、ムスッとした顔になった。無理もない。新しいお母さんは「あいつ」なのだし。

だが、お兄さんはつづけて言った。

「泣いてたぞ、お母さん。最初は、よかった、よかった、って……途中から、ごめんなさい、ごめんなさい、って……」

それを聞いたとたん、サトルくんの顔がゆがんだ。メモを取っていたおじさんが、そのタイミングを狙ったように「いいお母さんだな」なんて言うものだから、とうとう机に突っ伏して泣きじゃくってしまった。

どうやら、合計すると、エミちゃんよりサトルくんのほうがほんとうは泣き虫なのかもしれない。


警察のお姉さんは、タビーにもごほうびを用意してくれた。

「夜勤のひとのお弁当から分けてもらったのよ、よーく味わって食べなさいね」

ちくわの磯辺揚げが一切れ――。

ま、いいか、とありがたくいただいた。

「それにしても、たいしたものだなあ、この猫も」

おじさんが感心して言った。

「ご主人さまのピンチを救うなんて、猫とは思えませんよね。忠犬ハチ公よりすごいんじゃないですか？」

お姉さんも——よく考えれば猫にたいしてずいぶん失礼な譬《たと》えを持ち出して、褒めてくれた。

「あ、でも、野良猫か迷い猫なんですよね、どうします？　保健所に連絡しますか？」

お兄さんが横からよけいなことを言った。ヤバいぞ、とタビーはくわえたちくわをあわてて吐き出して、すぐに逃げ出せるよう身がまえた。

すると、エミちゃんが不意に「違うもん！」と声を張り上げた。

「違うって、なにが？」

「このネコちゃん、野良猫じゃないもん！　迷子でもないもん！」

「でも、おうちで飼ってたわけじゃないんだろう？　ペットじゃないよなあ」

お兄さんの言葉に、サトルくんとエミちゃんは同時に、別々のことを言い返した。

まずはサトルくん——。

そして、エミちゃん——。

「今日から飼ってもらいます！」

「ペットじゃなくても、友だちだもん！」

言葉に詰まってしまったお兄さんの肩を、おじさんが後ろからポンと叩いた。「おまえの負け」と、うれしそうに笑った。

タビーはお皿に戻したちくわを、またあらためて頬張った。一口で食べるには大きすぎたが、がんばって食べた。口を動かしていたい。食べることに夢中になっていたい。そうしないと――胸が熱いものでいっぱいになって、どうしていいかわからなくなってしまうから。


ノックの返事を待ちきれないように、部屋のドアが勢いよく開いた。

真っ先に駆け込んできたのは、新しいお母さん――「エミ！　さとる！」と泣きながら二人を抱き寄せて、「バカバカバカ！」と、三連発。

お父さんが警察のひとにお詫びとお礼を言っている間も、新しいお母さんは二人を抱き寄せたまま離さなかった。ずっと泣きつづけ、途中からは警察の電話を受けたときと同じように、ごめんね、ごめんね、ごめんね、と何度も繰り返した。

エミちゃんは自分からお母さんに抱きついていた。最初は棒立ちしていたサトルくんも、床に膝をついて泣きくずれてしまったお母さんの背中におずおずと手を置いて、そこからはエミちゃんと一緒に泣きどおしだった。

だいじょうぶ。もう新しいお母さんは「あいつ」ではないし、時間はかかるかもしれないけれど、「新しい」もやがて自然と、古くなった猫の爪のように、ぽろりと剝がれ落ちるときが来るだろう。

警察のひとたちが三人に気を取られている隙に、タビーはそっと部屋を抜け出した。

建物の外に出て夜空を見上げると、まんまるな月が浮かんでいた。

どうでした――？

ご先祖さまに訊いてみた。

俺、みんなの末裔として、ちゃんと役目を果たせたかなあ。

いつもの声は聞こえてこなかったが、不思議と満たされた気分だった。自分のカラダとココロの中に、数えきれないほどたくさんの自分が溶け込んでいるのを確かに感じた。

さて、と……。

タビーは背にした警察署の建物をちらりと振り向いて、小さく鳴いた。

さよなら――。

夜の闇に向かって駆け出した。


お母さんからタビーを飼う約束を取り付けたエミちゃんが「ネコちゃん！　一緒に帰ろう！」と振り向いたときには、タビーはもう新しい旅を始めていた。

そのせいで、せっかく泣きやんだエミちゃんはまた新たな涙を流すことになってしまったのだが、サトルくんが「あのアメショー、神さまの使いだったのかもな。兄ちゃんとエミを守ってくれたんだよ」と言うと、しゃくりあげながら何度も大きくうなずいた。

もしもタビーにニンゲンの言葉を書きしるすことができたなら、きっと置き手紙を残していたはずだ。

今日の旅は終わったよ――。

明日からは、新しいお母さんと仲良くなるための旅が始まるんだよ――。

元気で。お兄ちゃんにもよろしく――。


その後のタビーの消息は誰も知らない。

ただ、頭の良さにたくましさが加わったタビーのことだから、そう簡単にくたばったりはしないだろう。きっといまも、どこかで誰かの旅の相棒をつとめているはずだ。

ブラウンクラシック・タビーの、中年の猫だ。冷ややかな目でニンゲンの世界を眺めながら、幼い子どもがひとりぼっちになりそうなときにはすうっとかたわらに寄り添う――そんな猫を見つけたら、もしかしたら、彼がタビーかもしれない。

ほら、あなたの街でも。

寂しそうな顔をしていた子どもが、ブラウンクラシック・タビーの野良猫を見た瞬間、にっこりと笑ってはいないだろうか?

我が家の夢のブランケット・キャット

1

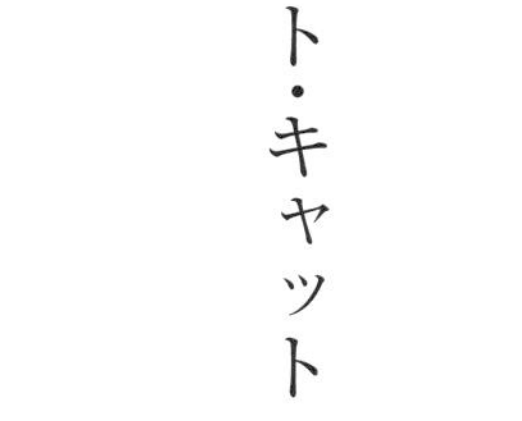

大きなものを失った代わりに、家族のささやかな夢をかなえることにした。

猫を飼う。

いや——「飼う」ことは難しいから、「借りる」。

「ちゃんとそういう業者もあるんだ。二泊三日で、意外と安いんだ」

この一カ月ほどの間にげっそりと削げ落ちてしまった頰をさすりながら、隆平は言った。

妻の春恵はうつむきかげんにため息をつき、「ヤケになったの?」と訊いた。

「そうじゃないって」隆平は笑う。「ひとつぐらいは夢をかなえたってバチは当たらないだろ」

一所懸命生きてきたんだから——と付け加えようとして、さすがにそれを言うと情けなくなるな、と呑み込んだ。

「でも、いいの？」

「なにが？」

「だって……においが部屋についたり、壁や床に傷がついちゃったりすると、売値が下がるんじゃない？」

「だいじょうぶだよ、二、三日のことなんだし。それに、いまさら十万円や二十万円変わったって、たいした違いはないって」

住宅情報誌で売却価格の相場は調べてある。

築十年の一戸建て。４ＬＤＫで総面積九十平米そこそこ。土地も百平米を切っている。最寄り駅からバスで五分、バス停からは徒歩三分。ちなみに最寄り駅は急行・快速ともに通過で、新宿までは四十五分。

売り出し価格は、どんなに強気に出ても二千二百万円がせいぜい——一千万円台の後半で買い手が付けば御の字だろう。

千五百万円で売れたとして、そこに退職金の八百万円を足して、合計二千三百万円。それがそのままローンの残金の返済に充てられて、手元にはなにも残らない。

「ゼロから再出発だ」

隆平は明るい口調をつくって言って、白髪が急に目立つようになった春恵から目をそらした。

「新婚時代だって１ＤＫのアパートだったんだから、スタートラインに戻るだけだよ、うん」

来月から借りるアパートは3DK——二部屋も増えてるんだぜ、と言うと、よけい空しさがつのってしまうだろう。

「歳が違うでしょう？」

春恵はそっけなく言った。

結婚したのは二十七歳。いまは四十三歳。

「家族の数だって違うじゃない」

新婚当時は夫婦二人。いまは中学二年生の娘と小学五年生の息子がいる。

「スタートラインに戻るだけ、なんて……そんな気楽なこと言ってられないんじゃない？」

確かに、それはそうなのだ。

「再就職のこと、少しでも早く決めてやらないと、美雪も陽太も精神的にまいっちゃうわよ」

わかっている、それも。

子どもたちのことを持ち出されると、うなだれて、唇を噛みしめるしかない。

だが、「猫を飼いたい」と言っていたのは子どもたちだったのだ。

「こんなことになるんなら、ここに引っ越してきたときに飼ってやればよかったなあ……」

隆平はぽつりとつぶやき、猫を飼う約束を「家が傷むから」「もっと大きくなってから」と引き延ばしつづけてきたことをあらためて悔やんだ。

「でも、猫なんて飼ってたら、アパートに引っ越せないでしょ」

「まあな……」

「中途半端に飼って、こっちの都合で捨てちゃうぐらいなら、最初から飼わないほうがいいんだから」

「うん……」

子どもたちとの約束を果たす日は、いつになるのだろう。アパートから再出発して、階段を一歩ずつ上って、ペットを堂々と飼える一戸建てを再び手に入れるまでに、いったい何年かかるのだろう。いや、時間の長さの問題ではなく、それははたして実現可能な夢なのだろうか……。

部屋を見渡した。

リビングダイニング――と名付けるのが恥ずかしいほどの狭い空間だ。和室にして十畳そこそこ。ダイニングテーブルとソファーセットの両方を置いたのは、かなり無茶だった。ソファーでくつろぐのが憧れだった隆平が家族の反対を押し切って入れた。狭い空間はさらに狭くなり、三歩進めば必ずなにかにぶつかるほどになってしまったが、足の小指をテーブルの脚にぶつけてうずくまっても、要はその程度の甲斐性しかない自分を責めるしかなく、いまはもう「その程度」の我が家すら手放さざるをえなくなって……ダイニングテーブルもソファーセットも、たぶん引っ越し先のアパートには収まりそうにないので、家を移るときに処分しなければならないだろう。

まなざしを春恵に戻した。

ごめんな。

声に出さず、口を小さく動かしただけなのに、春恵には伝わった。寂しそうに微笑んで、しょうがないわよ、と消え入りそうな声でつぶやく春恵から、また目をそらす。こういうときの夫婦の以心伝心というものは、言葉を並べ立てて会話をつなぐときよりも、ずっとつらい。

「猫は、やっぱりいいんじゃない？　やめとこうよ」と春恵は言った。

隆平も小さくうなずいた。

「だって、美雪も陽太も、そんなに本気で飼いたかったわけじゃないと思うし、どうせ返さなきゃいけないんだから、情が移っちゃうと、かえってかわいそうでしょ」

隆平は黙って天井を見上げる。リビングダイニングの真上は、美雪の部屋。その隣が陽太の部屋。子どもたちはとうに寝入っている時間だが、ほんとうに眠っているのかどうかはわからない。

二人とも、朝食のときにはいかにも寝不足の顔をしている。

「美雪は、もう友だちに話したのかな」

「うん、仲良しの子にはね」

「転校のことだけ？」

「わかんないけど……あの子の性格なら、みんなには黙ってると思う」

万事おっとりした陽太とは対照的に、美雪は負けず嫌いで気が強い。プライドの高さや意地っ張りのところがアダになって、一年生の頃は、ちょっとした、いじめのようなことにも遭っていたらしい。

そんな美雪が――友だちに「ウチのお父さん、会社をリストラされちゃったの」「家もローンが払いきれないから処分することになったの」などと言えるはずがない。

「……恨んでるのかな、俺のこと」

「そんなことないって。だって、これはもう、しょうがないんだから」

「ダメなオヤジだって思ってるんだろうな」

今度は、春恵の返事はなかった。

重ねて訊くと、つらい言葉を返されてしまいそうな気がするので、隆平もそれきり黙り込んだ。

窓が、夜風にあたってカタカタと揺れる。安普請の建売住宅だ。築五、六年の頃から急に建て付けが悪くなった。

「さっきね……」春恵がぽつりと言った。「あなたが帰ってくる前、陽太、泣いたの。転校したくないって。友だちと別れたくないし、来年の修学旅行、みんなと行きたい、って」

窓がまた音をたてて揺れる。

今夜は風が強い。

秋の終わり——何年もかけてこつこつと築き上げ、たいせつに守ってきた幸せが、いま、終わろうとしている。

風が吹く。

かすれた猫の鳴き声に、どこか似ている風の音だった。


翌日、隆平は朝から都心に出て、ハローワークに向かった。

パソコンで求人情報をチェックしたが、勤務地・待遇でまったく折り合わない。そもそも求人件数じたい、少ない。

試しに〈年齢〉の項目を二十代にしてみたら求人件数はさすがに増えたが、それでよけいに空しさが増してしまった。

こんなことになるのなら――。

最近しばしば思う。

バブルの頃――まだ日本に元気があり、自分も若かった、その頃に転職をしておけばよかった。底値と信じて家を買ったのが間違いだった。あと三年待てば、もっと下がっていた。いや、いっそ条件のいい賃貸マンションに住みつづけていれば、退職金を切り崩して家賃を払ってでも、せめて美雪が高校を卒業するあたりまでは引っ越しをせずにすんだのだ。

仕事で大きなミスをしたわけではない。

会社に多大なる貢献をした社員だったとは思わないが、それでも上司や同僚の足を引っ張ったことはないし、そこそこのスピードで昇進もしていたし、取引先や部下ともうまくやっていたつもりだし、つつがなく仕事をこなしてきた。

なのに――捨てられた。

会社は、口では「苦渋の選択」「断腸の思い」と言いながら、つまりは自分が生き延びるために、社員を何人も切り捨てた。

俺がなにをした？

俺のどこが悪かった？

人事部長の胸ぐらをつかんで迫る、そんな夢を何日か前に見た。

夢の中で、声を裏返らせて怒鳴っていた。

怒鳴りながら、泣いていた。


ハローワークに長居はしなかった。時間をかけて粘っても登録求人件数のカウンターは動かないだろう。

午後からは大学時代の友人に会った。リストラの不安のない大手企業に勤める友人は、喫茶店に入ってきたときから、あからさまに隆平を警戒していた。窮状を訴える隆平の話に相槌を打ちながらも、目が頼りなげに泳いでいる。

金の無心に来た——と思っているのだろうか。そこまで落ちぶれてはいない。

だが、再就職先の手がかりぐらいはつかみたい——という思いは、あった。

隆平は話し終えて、「どこかいいところ、ないかなあ」と笑いながら言った。「子会社とか孫会社とか、いろいろあるだろ？　どこでもいいし、なんでもやるよ」

友人は黙ってコーヒーを啜る。

五秒待った。

友人は口を開かない。

「……なーんてな」

隆平は目を窓のほうに向け、脚を組み替えて、「嘘だよ、嘘」と言った。

友人はほっとしたようにコーヒーカップをソーサーに戻し、ようやく頬をゆるめた。

「キツいんだ、ウチの会社も」

「なに言ってんだ、一部上場の身分で」

「会社は一部上場でも、俺たちはみんな零細企業と同じだよ。下請けだからな、社員なんて」

「……うん」

「来年の春の異動で、俺も地方に飛ばされると思うんだ」

「そうなのか？」

「ああ。この秋もヤバかったみたいだし、今度はたぶんアウトだろ。子どもの学校もあるから、単身赴任だな」

「もし向こうに行くとしたら、何年ぐらいなんだ？　二、三年は帰れないのか？」

友人は首を横に振り、「最低でも五年」と言った。「単身赴任で五年ってのもキツいけどな。帰れるんならいいよ、ラッキーだ。へたすりゃ、そのまま向こうの会社に転籍になって、定年まで田舎暮らしだ」

でも、失業するよりマシだろ――心の中でつぶやき、それをコーヒーで腹の底に押し流した。

友人の携帯電話が鳴ったのをしおに、席を立った。隆平の携帯電話は朝から一度も鳴っていない。会社を辞めて一カ月、携帯電話を使う機会はほとんどなくなった。このまま再就職先が決まらずに生活がさらに苦しくなったら、解約するつもりだ――ひとつぐらいは、こっちがリストラする側に回ったっていいだろう、と思う。

コーヒー代は割り勘にした。友人がまとめて払おうとするのをさえぎって、五百円玉をレジのトレイに置いた。

友人は一瞬、だいじょうぶなのか？　という表情になった。心配と、同情と、それから哀れみも交じっていた、ような気がした。

お釣りを受け取ると、友人を残してすぐに店を出た。

「体には気をつけて……がんばれよ」

友人の声を背中に聞いて、けれど振り返らず、地下鉄の駅に向かって歩いていった。


夕方のラッシュアワーより少し早めの電車で新宿を出た。

空いている各駅停車で、のんびりと帰ればいい。新宿にもう用はないし、家に帰ったからといって、なにもすることはない。

いままでなんのために、吊革すら持てない満員電車に乗ってきたのだろう。

靴を磨り減らし、ワイシャツを汗でぐっしょり濡らし、反吐《へど》を吐くほど接待の酒に付き合わされ、愛想笑いを浮かべ、お世辞を言い、大げさに謝り、カンシャクをなだめ、昼飯を抜き、日曜日を返上し、お中元やお歳暮のカタログを広げて電卓を叩き、びくびくして、せかせかして、あたふたして、ぐったりして……それで結局、なにが手元に残ったというのだろう。

電車の窓ガラスに子どもたちの顔がうっすらと浮かび上がる。

春恵の顔も浮かぶ。

猫を飼いたい、と言っていたのだ。美雪も、陽太も。

いまの家を買ったとき、まず広告に載っていた敷地や建物の数字で、狭いなあ、と感じた。契約を結ぶ前の下見で実物を見ると、図面での印象よりさらに狭くなった。引っ越しをして荷物を運び入れると、それがさらに狭くなって……。

下見に出かけて初めて「我が家」を見たときの美雪の表情は、いまもまだ覚えている。三歳だった美雪は、たぶん絵本に出てくるようなお城でも思い描いていたのだろう、家を見るなり「こんなにちっちゃいの？」と言って、不動産会社の営業マンを苦笑させたのだった。

ひとつだけでいい。

この家で子どもたちの夢をかなえてやりたい。

猫を連れて帰ったら、美雪と陽太はきっと驚くだろう。

うわあっ、と目を丸くして歓声をあげる子どもたちの顔を見てみたい。

それくらい夢見たって……いいじゃないか……。

2

「おみやげ、あるぞ」

リビングに入るなり言った。

手に持ったバスケットを軽く掲げると、バスケットの中で毛布にくるまった猫が、ふにぃ、と小さく鳴いた。

最初に振り向いたのは、陽太。

「なに？　これ」――テレビの音に紛れて、猫の鳴き声は聞こえなかったようだ。

「なんだと思う？」

隆平は戸口に立ったまま、含み笑いで言った。ソファーに座った春恵が、なんで借りてきちゃったのよお、という顔でこっちを見ていたが、気づかないふりをした。

「ねえ、お父さん。おみやげって、このカゴの中身ってこと？」

「そうだ。バスケットっていうんだよ、こういうカゴのことは」

「ふーん……で、なんなの？　中身」

「だから、それを当ててみろって」

「ぼくがぁ？」

我が息子ながら、呑み込みが悪い。良く言えばおっとりとしたお人好し。悪く言うなら、ぼーっとした間抜け。父親が失業して、マイホームを手放して……という状況を受け止めるとき、その性格はプラスになってくれるだろうか。

「お父さん、ヒント出して、ヒント」

「じゃあ第一ヒント、これは陽太やお姉ちゃんが欲しかったものです」

隆平の言葉に、陽太はパッと美雪を振り向き、「お姉ちゃんお姉ちゃん、お姉ちゃんにも関係あるって！」と声をはずませた。

だが――美雪はテレビから目を離さない。さっきから、ずっと。

隆平は重く沈みかけた気持ちを立て直して、「美雪」と笑いながら声をかけた。「美雪はなんだと思う？」

返事は「さあ……」の一言だけ。こっちをちらりとも見てくれない。

代わりに春恵が目配せした。放っておいて、しつこくしちゃダメよ、と小さくかぶりも振った。

立て直した気持ちが、また沈んでしまう。ゆうべの態度もそっけなかったが、今夜はそれに輪をかけて不機嫌そうだった。学校でなにか嫌なことがあったのかもしれない。

美雪は陽太とは対照的に、車のハンドルに譬《たと》えるなら「遊び」のほとんどない性格だ。良く言えば気が強くてシャープ。悪く言うなら、融通が利かず、自分にも他人にも厳しすぎる。そんな美雪にとって、職も家も失った父親の姿は……深く想像するのが怖いので、いつも考えないようにしている。

「なあ」隆平は陽太に向き直る。「当ててみろよ、なんだと思う？」

「第二ヒントは？」

「うん……スペシャルサービスで、すっごいヒント出してやる。生き物です」

「生き物？」

「そう。動物。お姉ちゃんも陽太もずーっと欲しい欲しいって言ってた動物だ。もうわかるだろ？」

ちらりと美雪を見た。媚《こ》びた視線になったのが自分でもわかったから――美雪の反応がなくて、かえってよかったかもしれない。

腕組みをして「うーん……」と考え込んでいた陽太は、「いま、カゴの中に入ってるんだよね、それ」と念を押して訊いた。

「ああ、そうだ」

「どんな声で鳴くの？」

「それ教えたら、もうクイズにならないだろ」

あきれて笑いながら、内心では拍子抜けしていた。「ずーっと欲しい欲しいって言ってた動物」のところで、ふつう、すぐにピンと来るものじゃないのか？　いまどきの子どもの「欲しい欲しい」には、その程度の重みしかないのか？

「ゼニガメ……じゃないよね、水入ってないもんね」

「ゼニガメって、おまえ、亀なんて欲しがってたっけ？」

「うん、このまえテレビで見て、すっげーいいなって思って」

ちょっと待てよ、おい。

欲しいものが変わったら、すぐに親に言えよ……というか、その前に、欲しいもの、そんなにあっさり変えるなよ……。

拍子抜けが失望に変わる。

それが腹立たしさに変わってしまうと、いったいなんのために猫を借りてきたかわからなくなりそうなので、その前にケリをつけておきたい。

隆平はバスケットを床に置いた。

「なあ、陽太」

「うん？」

「おまえ、もう猫は欲しくなくなったのか？」

「そんなことないけど。猫もいいじゃん、って」

「……猫も、欲しいんだよな？」

「まあね。ゼニガメの次の次の次ぐらい」

けろっとした顔で答えた陽太は、「そんなのいいけどさあ」とじれったそうに言った。「ねえねえ、お父さん、カゴの中、なにが入ってんの？　ヒント、もっと出してよ」

この話の流れでも、まだわからない。間抜けな息子だ、ほんとうに。

だが、そんな間の抜けたところにすがろうとしている自分も――確かに、いる。

「ほら、これだよ、これ。見てみろ」

バスケットの蓋を開け、中から猫を取り出した。

光沢を帯びた灰色の猫――ロシアン・ブルー。

「うわあっ！」

陽太は歓声をあげて、転がるように隆平のもとに駆け寄った。

「お父さん抱かせて！　抱いていい？　いいでしょ？」

間が抜けているぶん、陽太の笑顔には屈託がない。幼すぎるほどの素直さと明るさで毎日を生きている。

そこが、いい。

癒される——という言葉は、若い頃からあまり好きではなかった。

それでも、職を失ったいま、息子の笑顔を見ていると、ほんのりと温もったものが胸に染みていく。ぬるめの風呂に浸かって、ふーう、と息をつくのと似た、この感覚は、やはり「癒される」としか呼べないものだと思うのだ。

危なっかしい手つきで、陽太は猫を抱っこした。ペットショップの店員が言っていたとおり、猫は嫌がって暴れることなく、おとなしく陽太に抱かれている。

「陽太、ゼニガメのほうがよかったか？」

からかって訊いてやると、陽太は予想どおり悪びれもせずに「ぜーんぜん、やっぱ、猫、一番じゃーん！」と答えた。

隆平も「だろ？」と笑い返す。

美雪はこっちを見ない。テレビはコマーシャルになっているのに、決してこっちを見ようとしない。だから、隆平も、美雪の横顔を視野に収めないようにして、笑う。

春恵はソファーから立ち上がって、キッチンに向かった。陽太が「お母さん、見て見て！」と声をかけたが、「あとでね、お父さんの晩ごはん温めてから」と言うだけだった。

「……知らないわよ、わたし」

子どもたちが二階にひきあげたあとのリビングで、春恵が言う。

「だいじょうぶだよ」

隆平はソファーに寝ころんで、ぼんやりと天井を見つめる。もう十一時近いのに、陽太の部屋からはしじゅう物音が聞こえる。

陽太は猫と遊んでいる。「ニャース」と名付けた。『ポケモン』のピカチュウたちのライバル軍団の中にそういう名前の猫がいるらしく、わざわざ憎まれ役の名前にしなくたっていいんじゃないかと隆平は思うのだが、とにかく「ニャース」を部屋に連れ込んで、今夜は一緒に寝るんだと張り切っていた。

この調子なら、かなりの夜更かしになってしまうだろう。猫にしてみればいい迷惑だが、明日は土曜日だし、陽太の思いどおりにしてやろう、と決めていた。

「でも、あさってには返すんでしょ、ほんとにだいじょうぶなの？　あの子、情が移って泣いちゃうんじゃないの？」

「だいじょうぶだって、ちゃんと言って聞かせたんだし、あいつもわかってるんだから」

この猫はレンタルなんだ、と説明した。陽太も、最初は「飼えないのぉ？」と不服そうだったが、「二泊三日でも、いないよりましだろ？」と隆平が言うと、「まあね」と納得した。どうせ今度のアパートでは猫なんて飼えないんだから——というところまで頭が回ったのかどうかは知らないが。

「最後の思い出なんだから、この家の。明日はビデオとか写真とか、いっぱい撮ってやろうと思って」

ああそうだ、バッテリーの充電をしておかないと、と体を起こしたとき、まるでカウンターパンチのように春恵の声が耳に飛び込んできた。

「それ、誰のために？」

「え？」

「最後の思い出って……誰のために思い出をつくろうとしてるわけ？」

そんなの決まってるじゃないか――と答えようとしたら、またカウンターパンチが来た。

「あなたのため、でしょ？」

「違うよ、なに言ってるんだ。俺は、陽太と美雪が猫を飼いたいって言ってたから、だから、こうやって、最後なんだから、って……」

「じゃあ、美雪、喜んでた？」

三発目のカウンター。

返す言葉に詰まった。喜ぶもなにも、結局一度も会話をすることなく、それどころか目も合わさずに、美雪は二階に上がってしまったのだった。

「あさって、猫を返すとき、陽太は喜んでると思う？　お父さん、いい思い出つくってくれてありがとう……なんて言うと思う？」

今度も、なにも言い返せなかった。

黙り込む隆平に、春恵は諭すような口調でつづけた。

「あのね、わたし思うんだけど、思い出って、無理につくるものじゃないんじゃないの？　最後だから楽しい思い出を残そうなんて、そんなの、おとなの身勝手なおせっかいなんじゃないの？　猫を飼いたかったけど飼えなかった、それでいいじゃない。そういうのも思い出じゃないの？」

「……でも、夢ぐらいかなえてやりたいだろ、親として」

「ほんとうに猫を飼うんならね。でも、借りてくるだけだったら、夢がかなったわけじゃないでしょ」

「それは、まあ、そうだけど」

「中途半端だし、かえってかわいそうな気もするし……こんなこと言うと怒るかもしれないけど、なんかね、すごく、あなたの自己満足だっていう気がしちゃうのよ」

　言葉が、耳ではなく胸に突き刺さる。

　言い返すことは、できないわけではない。

　だが、胸と喉の境目になにか固く重いものが詰まってしまって、言葉が出てこない。

　しばらく沈黙がつづいたあと、春恵はぽつりと言った。

「夕方、不動産屋から電話が来たの」

　この家の売り出し価格の査定――だった。

「二千二百万円、どうだった？」

「それはもう最初からぜんぜん無理だろう、って」

「……いくらだったんだ、査定は」

「千八百万円でもちょっと難しいかもしれない、って」

「だから、いくらだったら売れるって言ってるんだ、そいつは」

思わず声を荒らげてしまった。

そんな感情の高ぶりもすべて吸い込んだように、春恵の声は冷静に、隆平が懸命に築き上げ、必死に守ってきた「一国一城」の価格を告げた。

「千五百万円で売りに出して、千三百万円で買い手がつくかどうか……千二百万円まで下げる気になれば、なんとかなるんじゃないか、って」

落城――なすすべもなく。

「どうする？　別の不動産屋に訊いてみる？」

うなずきかけた隆平は、首を横に振り直した。

「どこでも同じだろ、どうせ」

「うん……たぶん」

「ローン、残っちゃうな」

「それ、わたしのほうでなんとかしてみる」

「お義父さんか」

「しょうがないでしょ、だって」

「こうなったら、差し押さえくらうまで、居座るか、ここに」

半ば本気だった。

ローンの月々の支払いは、失業者の隆平にとってはどう考えても重い。だが、銀行が最後の手段に出るまでは、知らん顔して居座っていても……。

「やめようよ、そういうの」

春恵は寂しそうに笑った。「差し押さえなんかになったら、美雪がほんとうにかわいそうでしょ」とつづけ、今夜の美雪が極端に機嫌が悪かった理由を教えてくれた。

もともと仲の悪かった同級生に「夜逃げするんだって?」と言われたらしい。

隆平は目を固くつぶり、うめき声が漏れそうになるのをこらえた。

猫を借りてきて、最後の楽しい思い出をつくる——確かにそれは、父親の自己満足に過ぎないのかもしれない。

たとえ三日間の楽しい思い出ができたとしても、美雪や陽太が大きくなって子ども時代を振り返るとき、この家には悲しい思い出しか残らないはずなのだから。


ドアをノックすると、眠たげな「はーい」の声が返ってきた。

「お父さんだ、開けるぞ」

「いいよぉ」

陽太は自分でドアを開け、あくび交じりに「いま、うたた寝してた」と笑った。

「ベッドで寝ないと風邪ひいちゃうぞ」

「うん……」

「猫は?」

「もう寝てる。ほら、見て」

陽太は床に置いたバスケットを指差した。

ニャースは毛布にくるまるような格好で眠っていた。

「お父さんの言ってたとおりだね、ほんとに毛布があれば寝ちゃうんだ、どこでも」

「ああ。でも、この毛布じゃないとだめなんだよ。生まれたときからずーっと、そうやってしつけられてるから」

ペットショップで聞いた話をそのまま伝えた。

「じゃあ、別の毛布だと眠れないの？」

「ああ。だから、ぜーったいに毛布だけはなくさないでくれ、って言われたんだ」

どこの布団屋でも売っていそうな、ベージュの無地の毛布だった。こんな毛布一枚を頼りに、あちこちの家で夜を過ごすレンタル猫を、あわれだと思い、逆にうらやましいなとも思った。たとえどこに行っても、これさえあればぐっすりと眠れる――そんな毛布に価するものが俺たちにはあるんだろうか、とため息をついた。

3

翌日は朝からいい天気だった。
絶好の撮影日和――思い出は、どうせなら陽光のふんだんに降りそそぐなかでつくりたい。

隆平はデジタルカメラとビデオカメラを交互にかまえて、〝猫のいる我が家〟を撮影していった。階段で背中を丸めるニャース、廊下をとことこと歩くニャース、ダイニングテーブルの下にもぐり込むニャース、ベランダのニャース、押し入れのニャース、風呂場のニャース……。

「モデルかなにかやってたのかなあ、ニャースって」

陽太が感心した顔で言った。

「そうかもな」と隆平もうなずく。どんな場所に連れて行ってもおとなしく従い、そうそう、こういう写真を撮りたかったんだよ、と言いたくなるようなポーズを自然につけてくれる——ほんとうに、素直で賢い猫だ。

「ゆうべも全然騒がなかったもん。毛布の上に丸まって、すっごくかわいいの」

「よく寝てただろ」

「うん」

「で、それをずーっと見てたおまえは、寝不足ってわけだ」

だね、とはにかんで笑うそばから、大きなあくびをする。陽太も、賢いかどうかは知らないが、素直な息子では、ある。

「ね、お父さん、今度はどこで撮る？　散歩しながら外で撮ってみる？」

「外もいいけど……やっぱり、家の中にしよう」

近いうちに失われてしまう我が家だからこそ、楽しい思い出で彩りたい。春恵に「おせっかい」と言われようとも、「あなたの自己満足にすぎない」と切り捨てられようとも、何年か、十何年か……何十年かたったあと、アルバムをめくるときに「ああ、こんなことあったねえ」と子どもたちに笑顔を浮かべさせるのは、親のつとめだと思う。

二階に上がり、陽太の部屋でまた何枚か写真を撮って、ニャースとじゃれる陽太の姿をビデオに録画した。

陽太とニャースの思い出は、もうじゅうぶんすぎるぐらい残せた。

だが、春恵と美雪は、まだ――春恵は引っ越しに備えて台所の片づけに取りかかっていて、隆平がカメラを向けると「ちょっと、こんなところ撮らないでよ」と真顔で怒るし、美雪は朝食をそそくさと食べるとすぐに自分の部屋に入って、ドアに〈勉強中！　立ち入り厳禁！〉のプレートを掛けてしまった。

これでは家族の思い出にならない。

いまは納得できなくても、写真やビデオに残しておけば、いつか絶対に「撮っておいてよかったね」と笑えるはずなのだ。ここですねてしまっては、思い出をなにも残せない。たんに「お父さんが会社をクビになって、家を手放した」という悲しい事実しか残らない。

「よーし、ちょっと休憩だ。あとでまた呼ぶから、今度はどこで撮ったらいいか考えといてくれよ」

陽太とニャースを二階で遊ばせておいて、隆平はリビングに下りた。

春恵は台所の床に座り込んで、流し台の下の戸棚にしまってあった鍋や食器やストッカーを、引っ越し先のアパートへ持って行くものと処分するものとに選り分けていた。

隆平に気づくと、背中を向けたまま、「こうして整理すると、要らないもの、たくさんあるね」と寂しそうに笑う。

「なあ……写真、一枚でいいから撮らないか」

「撮ってもしょうがないじゃない」

「でも、せっかく猫がいるんだし、引っ越しの準備、本格的に始めちゃったら、部屋の雰囲気も変わっちゃうだろ。やっぱり、いままで生活してたのと同じ感じで、写真やビデオで残しておきたいし……」

「残さなくていいって、そんなの」

「そんなことないだろ。思い出は大事なんだよ、ちゃんとこっちが残す気でやらないと、なにも残らないんだよ」

「だから、わたしは残さなくてもいいって言ってるの」

ゆうべと同じやり取り――だったが、隆平はため息交じりに床に座り込んで、ゆうべは言わなかった言葉を口にした。

「おまえ、『岸辺のアルバム』ってドラマ、覚えてるか？　ほら、山田太一がシナリオ書いて、杉浦直樹とか八千草薫とか、あと誰だっけ、国広富之とか出てたやつ」

「うん……再放送で観たと思う。家が洪水で流されちゃうやつだよね」

「そう。あれのラストシーン、知ってるか」

「洪水で終わりじゃなかった？」

「終わりなんだけど……家族のアルバムが残るんだ」

洪水の前までは、気持ちがばらばらに離れていた家族だった。ささやかな家族の幸せの象徴だった我が家も、洪水で失われてしまった。

それでも――家族には、アルバムが残った。

洪水のあと、家族がどうなったのかは、ドラマでは描かれていない。

「でも、俺、あの家族はなんとかやり直せたんだと思う。アルバムが残ったってことは、思い出が残ったんだよ。俺、思い出さえあれば、どんなにキツくても家族はもう一度やり直せると思う……」

春恵の返事はなかったが、結婚式の引き出物で貰った揃いの食器をケースから出す手が止まった。

「俺、次男だっただろ」

「……急に話が飛ぶんだね」

「同じ話だよ。俺、次男だったから、ガキの頃の写真って、兄貴より全然少ないんだ。兄貴なんて小学校に入る前でアルバム二冊ぐらいあるのに、俺は生まれてから小学校卒業するまで一冊ですむんだよな」

「そういうの、よくあるよね」

「べつにひがんだり、兄貴がうらやましかったりするわけじゃないんだけど、ガキの頃なんてあんまり覚えてないだろ、自分では。やっぱり写真を見て、あんなことあったなあって思いだすんだよ。だからさ、その写真の数が少ないってことは、思い出の数も少ないってわけで……それがやっぱり、寂しいよ……」

いつか──ずっと先でいいから、いつか、家族でアルバムを開いたりビデオテープを再生したりして、〝猫のいる我が家〟を笑って振り返りたい。「あの頃は大変だったよね」と笑いながら言って、「でも、まあ、いまは幸せなんだし」と、もっと深く笑いたい。

そのためには、形に残る思い出が、どうしても必要なのだ。

話が途切れた。

隆平は、もう、あえて話を先へは進めずに、黙って春恵の答えを待った。

だが、春恵は無言で食器の整理のつづきに取りかかる。こっちを振り向くこともない。

「なあ……」

「悪いけど、忙しいのよ、今日。午後イチで回収業者さんに来てもらうことにしてるから」

「写真一枚撮るだけでいいんだ。おまえがやるって言ったら、美雪も乗ってくるから」

春恵の肩が、すとん、と落ちた。

ため息をついたのだった。

「嘘の思い出でしょ？　やめようよ、そんなの。かえってむなしくなるから」

結局、ゆうべと同じ場所に戻ってしまった。

隆平も舌打ちして、ため息をつく。

「こんなこと言うと怒ると思うけど、思い出だのなんだの考える前に、やることあるんじゃないの？　再就職先……もっと必死になって探してもらったほうが、わたしも美雪も嬉しいんだけど」

「ハローワークが休みなんだよ」

「土曜日はやってるんじゃないの？」

「……よくわからないけど」

「どっちにしたって、週末だから、いろんな知り合いのひと、家にいるわけじゃない。わたしだったら相談に行くけどね、何軒でも」

昨日会った大学時代の友人の顔が浮かんだ。

警戒心や疎ましさや哀れみの溶けた薄笑いの表情が——実際にそんな顔をしていたかどうかを超えて、ありありとよみがえってきた。

「……好きでリストラされたわけじゃないんだ、こっちだって」

怒気をはらんだ声になった。

「わかってるわよ、それくらい」と背中を向けたまま返す春恵の声にも、トゲがあった。

カッとして腰を浮かせたとき——電話が鳴った。

不動産会社からの電話だった。

買い手がつくかもしれない——という。

「いまから見に来るっていうのよ、そのお客さん」

春恵は、保留ボタンを押すのも受話器の口を手のひらで押さえるのも忘れ、困惑して言った。

近所にある別の物件を見に行ったものの、いまひとつ気に入らず、そのままひきあげようとしたら、営業マンが「昨日、査定をした物件があるんですが……」と持ちかけたのだという。

「どうする？　まだ仲介契約は正式に結んでるわけじゃないから、べつにかまわないんだけど……せっかく近くまで来てるんだし、いかがですか、って」

「だって、部屋の掃除もしてないだろ」

「それはあまり関係ないんだって。どうせリフォームもするみたいだし、とにかく陽当たりや間取りだけでも見せてほしい、って」

掃除はともかく、心の準備ができていない。

万が一、客がこの家を気に入って、価格の面でも折り合いがつけば……これでもう、我が家を手放すことは決定してしまう……いや、それが望みだったはずで……このチャンスを逃すと、下見に来る客すらいないのかもしれない……。

「来てもらおう」

隆平が言うと、春恵も、そうよね、とうなずいた。春恵の顔は少し寂しそうだった。たぶん俺の顔も同じだろうな、と隆平は思う。

我が家との別れは、あんがい、こんなふうにあっけなく訪れるものなのかもしれない。

洪水の代わりに、三十分後に不動産会社のライトバンが我が家の前に着く。

まだ思い出のアルバムは完成していないのだが――。

「猫、どうする?」

「え?」

「だって、ペット飼ってるなんて不動産屋さんに言ってないし、犬や猫を部屋の中で飼ってると、確実に買い手は減っちゃうっていうし……」

「外に出しとくか」

「でも、逃げちゃうでしょ」

「陽太と一緒だったらだいじょうぶだろ」

「そんなの危ないって。猫がパーッと走って、追いかけてって、交通事故にでも遭ったらどうするの?」

「……じゃあ、俺もついていくか」

「なに言ってんの、売り主が立ち会わないとだめに決まってるじゃない。わたしとあなたは家にいなきゃいけないの」

だとすれば――。

答えは、一つしかなかった。

春恵は天井をちらりと見上げ、「無理かもしれないけど、ちょっと訊くだけ訊いてみるね」とひとりごちるように言って、美雪の部屋に上がっていった。

頼むぞ、と隆平も天井に目をやって、素直に外出してくれるよう祈った。猫のことだけではない。できれば、美雪と陽太には外に出ていてほしい。我が家を値踏みする連中のまなざしを見せたくないし、どうせ愛想笑いを浮かべるしかないはずの両親の姿も見せたくない。もし美雪が部屋にいると言い張るのなら、その話をするしかない、と覚悟を決めた。

階段を下りる足音が聞こえた。思いのほか早く話がすんだようだ。

「どうだった?」

「うん、だいじょうぶ、いま服を着替えてるから。陽太も猫をバスケットに入れてるし」

「そうか……」

「見たくないいんだって、買い手のひとの顔」

隆平は黙ってうなずいた。「うなずく」というより、「うつむく」「うなだれる」のほうが近いしぐさになった。

気持ちのすれ違うことばかりの父と娘なのに——こういうところの思いだけは、一致してしまう。


下見に来た客は、四人家族だった。隆平や春恵と同じ四十過ぎの両親と、子どもが二人——お姉ちゃんと弟で、年格好は美雪と陽太と変わらない。要するに、隆平の家族とそっくりの家族が買い取ろうとしているわけだ。

美雪が家にいなくてよかった。つくづく思った。

しかも、先方の家族は、覚悟していた以上にぶしつけな視線を家じゅうに向ける。

「えーっ、なんか、イメージと違うーっ」と娘が言う。わがままで意地悪そうな子だ。リビングのソファーの上に立って、どすどす飛び跳ねる息子は、でっぷり太って、いかにも甘やかされて育った感じだ。

もちろん、両親は、子どもたちの不作法を叱るわけもなく、壁をコツコツ叩いたり、柱の傷を指でなぞったりしながら、小声で話している。

あまり気に入っていないようだ。話し声は聞こえないが、妻の表情や首をかしげるしぐさで伝わってくる。

「駅からバスでしたよね」

夫が、春恵に訊いた。

春恵はうなずいて「五分です」と言いかけたのをさえぎって、隆平は「歩いても十分ぐらいで行っちゃいますよ」と言った。

「けっこう、庭、じめじめした感じですけど……陽当たり、どうですか?」

妻の問いにも、隆平が答えた。

「いやあ、午前中はよく陽が射しますよ。さっき、庭に水をまいちゃったんですよ」

情けない。

しかし、一円でも高く売らなければ——それ以前に、買う気になってもらわなければならない。それが、この家の主としての隆平の最後の仕事なのだから。

娘が、母親を肘でつつく。

二階に顎をしゃくる。

「じゃあ、二階も見せてもらえますか。子ども部屋がどんなのか、この子も楽しみにしてるんで」

美雪がいなくて、ほんとうに、よかった。

みんなで二階に上がった。

美雪の部屋のドアに掛かった〈勉強中！〉のプレートを見て、娘は「だっさーい」と小声で言って笑った。

後ろから頭を張り飛ばしてやりたかったが、グッとこらえた。

娘がドアを開ける。

遠慮も気づかいもない開け方に、春恵もムッとしているのが、わかる。

だが――。

隆平と春恵の表情は、部屋に足を踏み入れたとたん、凍りついたようにこわばった。

ベッドの横の壁に、太いサインペンで落書きがしてあった。

〈この家を買うヤツ、不幸になれ！〉

4

下見の客は憤然とした様子で帰っていった。

不動産会社の営業マンも、帰り際に言った。

「ご自宅の売却は一生に何度もあることじゃないですから、もう一度、ご家族でよーく話し合われたほうがいいんじゃないですか？」——ぎりぎり、営業用のスマイルは浮かべていたものの、要は「おたくの面倒は見られません」と通告されたようなものだ。

玄関のドアが閉まると、春恵は上がり框《かまち》の床にへたり込んだ。愛想笑いと気づかいの疲れが、どっと出てしまったようだった。

「……まいっちゃったね」

つぶやく声は力が抜け、薄笑い交じりになった。

「消せないだろ、あれ。壁紙ぜんぶ取り替えるしかないぞ」

応える隆平の声も、芯が消えうせたみたいに、ふわふわと頼りなくうわずっていた。

思わぬ痛い出費——いや、金のことはどうでもいい、あんな言葉を壁に書きつけた美雪の悲しさと悔しさを思うと、いたたまれなくなる。

「どうする？」と春恵が訊いた。

「どうする、って？」

隆平が聞き返すと、少し間をおいて、春恵は低い声で「なんでもない」と言った。

「……売るしかないんだ」

「わかってるってば」

「美雪がなんて言おうと、もう、どうしようもないんだよ」

「だから……わかってるって言ってるじゃない……」

「別の不動産屋を探そう」

今度は、春恵の返事はなかった。

「壁紙、業者に頼んだら高くつくから、俺がやってみようか。ホームセンターに行ったら売ってるだろ、たぶん」

春恵はまだ黙ったままだった。

隆平もため息をついて、リビングに戻る。

トラックのエンジン音が聞こえた。バックするときのチャイムも、追いかけて。

資源回収業者のトラックだった。

春恵はのろのろと、いかにも重たげなしぐさで立ち上がり、「途中で邪魔が入っちゃったから、片付け、ほとんどできなかったね」と寂しそうに笑った。

ほとんどできなかった——と言うわりには、キッチンに入った作業員に「これも持って行ってください、あと、これも」と、春恵は次々に指示を出す。朝から仕分けしていた物だけではなく、まだ戸棚の中に入っている物まで「持って行ってください」と言う。ほとんどヤケになっているのかもしれない。

それでもいいさ、と隆平も半ばあきらめていた。どんなに惜しんだところで、引っ越し先のアパートに収められる物はたかが知れている。我が家の思い出をすべて持って行くことはできないのだ。

春恵は業者に、明日もまた回収に来てくれるよう頼んだ。明日はリビングの物入れの中と、それから──「ねえ」と隆平を振り返って、言う。

「ソファーも、一緒に持って行ってもらえばいいよね？」

一瞬、ためらった。

まだ引っ越しには間があるし、そうとう窮屈にはなるが、アパートに持って行っても置けないことは……いや、やはり無理だろう。

隆平は黙ってうなずいた。

春恵は思いのほかあっさりと「じゃあ、明日、ソファーもお願いします」と作業員に言った。

「明日でいいですか？」

髪を金色に染めた作業員が訊く。

「え？」

「あの、今日でもいいですよ。まだトラックに積めますから」

「……そうなの？」

「ええ。このソファーだと、そんなに大きくないし、テーブルも込みで楽勝ですよ」

了承さえ得られれば、すぐにでも外に運び出しそうな様子だった。

春恵はちらりと隆平を見た。隆平は逃げるように目をそらす。

おまえにぜんぶ任せるから──それが逃げにすぎないことぐらい、わかっている。

「どうします?」

作業員にうながされて、春恵は目を戻した。「すみません……やっぱり、明日でいいです……っていうか、明日お願いするかどうか、ちょっと都合が見えないんで、またあらためて電話します……」

すみません、と繰り返して、春恵は頭を深々と下げた。ていねいすぎるしぐさに、作業員は逆に恐縮してしまい、「いえ、そんな、だいじょうぶです、はい、こっちは全然」と腰を退いた。

玄関の外から、陽太の声が聞こえた。美雪の声もする。

「ねえ、もうお客さん帰ってる感じ?」「帰ったんじゃない? だってトラック来てるもん」「売れたと思う?」「知らないよ、そんなの」「だって売れなきゃ困るんじゃないの?」「どーでもいいって言ってんじゃん、うっさいよ、ばか陽太」……。

そこから先は、作業員も黙々と仕事をつづけた。春恵と隆平は一度もまなざしを交わすことなく、リビングに入ってきた美雪にも、なにも言わなかった。

まさか留守中のやり取りを察したわけではないのだろうが、ニャースは、リビングのソファーが大のお気に入りの場所のようだった。

「なんかさー、こいつ、昨日来たばっかなのに、十年ぐらい前からずっとウチにいるような気がしない? すっごい馴染んでるっていうか、自然っぽいじゃん」

確かに、陽太の言うとおりだ。

二人掛けのソファーの真ん中に寝そべったニャースの姿は、なんだかずっと以前から見慣れているような気がする。

家族の昔のアルバムをめくってみたら、あんがい、色褪せかけた写真の中にニャースがいたりして……。

なんてな、と隆平は苦笑して、天井をぼんやりと見上げた。

春恵は美雪の部屋に向かったきり、なかなか戻ってこない。二人で、長い話をしている。話の内容は、見当がつくからこそ、あえて深くは考えたくない。

「ねえ、お父さん」

陽太が言う。

「うん?」と応えると、少し声をひそめて「昼間、お姉ちゃんが言ってたんだけど……」とつづけた。

「美雪が、なんだって?」

「ニャースは、ひとの家に泊まるのが仕事なんだから、ウチにいたこともすぐに忘れて、全然覚えてないんだって……それ、ほんと?」

嘘ではない。

嘘ではないのだが——言ってほしくない言葉だった。

「覚えてるかもしれないぞ」

無理に笑って、隆平は言った。

「猫はもともと頭のいい動物だし、レンタル猫になるのは特に賢い猫ばかりなんだから、覚えてると思うんだよな、お父さんは」

「そう？」

「うん……たぶん」

「でもさ、お姉ちゃん、頭がいいと忘れるのがうまくなるんだって言ってた」

美雪は、お茶碗にたとえて陽太に説明したらしい。人間の心はお茶碗のようなもので、思い出をいくらでも溜められるというわけではない。忘れるべきものはどんどん忘れていかないと、思い出があふれて、こぼれてしまう。

「だから、頭のいい子は、覚えるのもうまいんだけど、忘れるのも得意なんだって」

「うん……」

「バカな子は、よけいなことばっかり覚えてるから、大事なことを覚えとくスペースがなくなっちゃうんだって」

「それは、まあ……そうだな」

「お姉ちゃん、この家のこと、ぜんぶ忘れるって言ってた」

背中を冷たいものが滑り落ちた。

「今度引っ越すアパートのことも、覚えずにいるから、って」

喉の奥がひきつったようにすぼまって、息苦しい。

「でね、ぼく、あんまり勉強できないじゃん、だからどうせこの家のこととか、今度のアパートのこととか、たくさん覚えちゃって、大事なことが覚えられなくなって、将来苦労するんだからって……」

陽太は、美雪の話の意味そのものがよくわかっていないのか、のんきな、他人事のような口調で言った。

それが――それだけが、救いだった。

隆平はテーブルの上に置いてあったデジタルカメラに手を伸ばし、「忘れたっていいんだよ」と言った。「忘れても思い出せるように、こうして写真に撮ったりするんだから」

「ぼく、忘れないよ」

陽太は不服そうに言った。

隆平は、そうだよな、と苦笑して、かまえかけたカメラをまた元に戻した。

子どもに、いつまでも忘れずにいたい思い出をつくってやれないのは、親としてなによりも悔しく、悲しく、寂しく、せつないことだ――と思う。

それでも、子どもより長い年月を生きているオトナの端くれとして、隆平は、こんなふうにも思うのだ。

都合のいい思い出だけを残そうとするのは、ちょっと虫が良すぎるかもしれないぞ。

元に戻したカメラを再び手に取って、レンズの向きを逆さにした。液晶モニターに、隆平自身の顔が映る。笑顔にはならない。しかたない。だが、笑顔を浮かべられなかったことも思い出なんだ、と自分に言い聞かせて、シャッターを切った。

ニャースを抱いて自分の部屋にひきあげた陽太が、顔色を変えてリビングに駆け下りてきたのは、夜十時近い頃だった。

「お父さん、お母さん、どうしよう……」

半べその声で言う。

ニャースの毛布がなくなった――という。

「寝させようと思って、バスケット開けたら、ないの、毛布。ニャースも、それ見て、急にパニクっちゃって、部屋の中走りまわって、ひっかいてくるの……」

手の甲や腕にひっかき傷ができていた。

「昼間、外に連れてったじゃない、そのときに毛布出したの？」と春恵が訊いた。

ううん、ううん、と陽太は首を何度も横に振る。

「じゃあ、なくなるわけないじゃない」

「だって、ないんだもん！」

「バスケットの中にずっと入れてた？」

「入れてたってば！」

「家に帰ってから出したりしたんじゃないのか？」と隆平。

「出してないってば！　全然さわってないもん、バスケット！」

隆平と春恵は顔を見合わせた。

考えられることは——一つしか、なかった。

泣きだしてしまった陽太に「ちょっと待ってろ」と言って立ち上がる隆平を、春恵が「わたしが行くから」と制した。

「いいよ、俺も行く」

「あなたは陽太のケガ、見てやって」

「うん、でも……」

「あなたが顔出すと、かえってこじれるから」

そう言い切られてしまうと、なにも返せない。

春恵は「だいじょうぶだから」と念を押して、リビングを出た。

そこに——階段を下りる足音が聞こえた。

春恵の足が止まる。隆平も身をこわばらせる。

美雪がリビングの戸口に立った。

「猫の毛布のことでしょ?」と冷静に、挑むような顔と声で言う。

「知ってるの?」と春恵が訊くと、うん、まあね、というふうに軽くうなずいた。

そして、そのしぐさよりさらに軽い口調で、「捨てちゃった」と笑う。

「捨てた、って……どこに?」

「公園。奥の林があるじゃん、そこに、ぽーん、って」

ふふっ、と笑う。悪びれた様子はない、というより、完全に開き直って、反応を試しているようにも見える。

隆平はゆっくりと息を継ぎ、感情の高ぶりを抑えて言った。

「……なんで、そんなことしたんだ」

「だって臭いんだもん」

「猫のにおいだよ、そんなの。最初に言っただろ、お父さん、この毛布がないとニャースは困っちゃうんだ、って」

ペットショップでも言われたのだ。レンタル猫があちこちの家に泊まっても平気でいられるのは、この毛布があるからだ、と。

「いいじゃん、困ったって」

「……美雪、おまえ、自分がなに言ってるのかわかってるのか」

「毛布なんかに頼らずにやってみろ、ってこと」

「美雪！」

春恵が振り向いて「あなた、やめて」と言ったが、かまわずつづけた。

「家を引っ越すのが嫌なら嫌でいい、お父さんのこと恨むんなら勝手に恨め、でもな、関係ない……自分より弱い奴に、やつあたりするな！」

「お父さんだってそうじゃない！」

「……なんでだ」

「自分がダメだから会社クビになって、家も売らなきゃいけなくなって……いちばん迷惑してるの、わたしと陽太じゃない！　猫なんて借りてきたって、意味ないじゃない！」

ひるんだ。言葉に詰まった。

そこに、さらに美雪の言葉が突き刺さる。

「親だったら、親らしいことしてよ！　子どもに情けない思いさせないでよ！」

目を伏せた。唇を嚙んだ。悔しさや腹立たしさは、なにも言い返せない自分自身に向いてしまった。

「猫借りてきたって、意味ないじゃない！　そんなの自己満足じゃない！　それでわたしや陽太に親らしいことしてやったとか、勘違いしないでよ！」

声を追い抜くように、頰を打つ甲高い音が響いた。

春恵が、美雪の頰を平手打ちしたのだった。

「もう、やめなさい」

「……ビンタ張るの、お父さんのほうじゃないの？　お父さんにビンタ張ってよ、こっちは被害者なんだから」

もう一発――さっきよりさらに強く、頰を張った。

美雪は、今度はもうなにも言い返さなかった。目を大きく見開き、ぶたれた頰を押さえて、まっすぐに春恵を見つめた。

春恵は手を下ろす。

ふう、と息をついて肩の力を抜き、「しょうがないわよ」と穏やかな声で言った。「だって、家族だからね、しょうがない」

予想外の言葉だった。美雪にも、隆平にも。

黙り込む美雪に、春恵はもう一度、同じ言葉を繰り返した。

「しょうがないよ、家族だから」

怒りではなく、言い訳でもなく、弁護でもなく……理屈が通らないからこそ、まっすぐな言葉
――だった。

美雪は、なにそれ、とそっぽを向いた。

だが、横顔は、もうふてくされてはいなかった。

「毛布がなくなった猫、どうなっちゃうか、見たかったんでしょ?」

「……べつに」

「お母さんなら、見てみたいけどね」

美雪の視線が春恵に戻る。

「うん」春恵は自分の言葉に自分でうなずいた。「とっても大事にしてるものがなくなったとき、ニャースはどうするんだろうね。お母さん、見てみたいもんね、それ」

美雪はなにも応えない。

だが、沈黙で受け容れてるんだ――と、隆平は思う。

「でもね」春恵はつづけた。「猫は、困るだけだと思うよ。ひたすら困っちゃうの」

「……そうなの?」

「うん。そこが猫と人間の違いだから」

「……って？　どういうこと？」

「猫は大切なものを失ったら、困ることしかできないけど、人間は違うの。大切なものがなくなっても、それを思い出にして、また新しい大切なものを見つけることができるし、勝手に見つけちゃうものなのよ、人間は」

美雪はなにか言い返しかけたが、声にはならず、もごもごと動いた口はすぐに閉じてしまった。

「困ることしかできない猫を困らせて、楽しい？」

美雪はうつむいて、小さくかぶりを振った。

「で、あんたは人間なのに、ひたすら困ったり落ち込んだりするだけで、いい？」

美雪は、またかぶりを振った。

「毛布、探しに行こうか」

春恵は笑って言った。


毛布を失ったニャースは、予想していた以上に落ち着きをなくしていた。喉をしじゅう低く鳴らし、ときどき、フギャッと叫びながら、陽太の部屋を隅から隅まで歩きまわり、ジャンプして、壁に爪を立てる。

バスケットの中に入れて、一緒に公園まで連れて行きたかったが、抱き上げることも難しそうだ。

陽太は「ぼくが留守番してるよ」と言ったが、もしもニャースがいま以上に興奮してしまったら、陽太一人では手に負えないだろう。

「いいわ、じゃあ、お母さんも一緒に留守番してるから」

ということは——公園に出かけるのは、美雪と、隆平。

春恵の言葉に、美雪は一瞬顔をしかめた。

だが、「嫌だ」とは言わなかった。

「行こうか」と隆平は言った。美雪と二人きりになるのは、考えてみれば、家を売ることを決めて以来初めてだった。

気詰まりなことは覚悟している。

せっかくゆるみかけた心が、また頑なに閉じてしまうかもしれない。

それでも、一緒に行くしかないんだし、行かなければならないんだ、とも思う。

玄関には、美雪のほうが先に出た。

門のところまで歩いて、我が家を振り仰ぎ、なにがおかしかったのか、くすっと笑った。

隆平はいったんサンダルをつっかけたが、少し考えてから、めったに履かないジョギングシューズに替えた。

しっかりと歩きたい。

この家で過ごした日々の、父親と娘の最後の思い出になるかもしれない。

「よし、じゃあ、行くか」

外の通りに出て歩きだすと、美雪は数歩ぶん遅れて、ついてきた。

「ねえ……」

「うん？」

「この家、外から撮った写真ってあるっけ」

言われて気づいた。

この週末、家の中の写真は何枚も撮ったが、外観は撮っていなかった。

「明日、撮るよ」

隆平はそう言って、ためらいがちに「みんなで外に出て、記念写真撮ろうか」とつづけた。みんな――美雪も、もちろん。

美雪は「明日のことはどうでもいいけど」とそっけなく言った。「でも、忘れずに撮っといて」

隆平は答える代わりに、夜空を見上げた。

星が出ている。

星座のことなどなにも知らない隆平だが、星を見ていると、ほんの少しだけでも、大きなスケールで物事を考えられそうな気がする。

十年後。

二十年後。

この家で撮った家族のアルバムを開くとき、みんな笑っているだろうか――。

笑っていてほしいな、と思う。

そのためにも――。

「なあ、美雪」夜空を見上げたまま、言った。「お父さん、もうひと踏ん張り、がんばるからな」

返事はなかった。

あれ？　と顔の向きを戻すと、美雪はすでにすたすたと歩きだしていた。

なんだよおまえ、せっかく珍しくキメたところだったのに……。

隆平は軽く唇をとがらせて、美雪のあとを追う。一歩、二歩、三歩……十歩目で追いついたとき、美雪がぼそっと言った。

「まあ、体が元気だったら、それでいいんだけど」

隆平はもうなにも言わない。黙って並んで歩く。影がくっついたり離れたり、追い抜いたり追い抜かれたりする。

どこか遠くで、野良猫が鳴いた。

くるまる毛布を持たない野良猫の、今夜見る夢は、どんなものだろう――。

そんなことをふと思うと、瞼《まぶた》の裏がじんわりと熱くなった。目をつぶってつくった小さな夜空に、天の川がにじみながら流れていた。

64頁→寺山修司「ふしあわせと言う名の猫」

初出

asahi.comに2003年3月から9月まで掲載。単行本化にあたって改稿し、「さすらいのブランケット・キャット」はタイトルを「旅に出たブランケット・キャット」と変えました。

重松清（しげまつきよし）

1963年岡山県生まれ。早稲田大学教育学部卒業。出版社勤務を経て執筆活動に入る。1999年『エイジ』で山本周五郎賞、2001年『ビタミンF』で直木賞受賞。小説作品に『流星ワゴン』『定年ゴジラ』『ナイフ』『きよしこ』『疾走』『その日のまえに』『小学五年生』『カシオペアの丘で　上・下』『青い鳥』ほか多数。

ブランケット・キャッツ

二〇〇八年二月二八日　第一刷発行

著　者　重松《しげまつ》　清《きよし》
発行者　矢部万紀子
発行所　朝日新聞社
編集・書籍編集部　販売・出版販売部
〒一〇四－八〇一一　東京都中央区築地五－三－二
☎〇三－三五四五－〇一三一（代表）
振替　〇〇一九〇－〇－一五五四一四
印刷所　凸版印刷

ISBN978-4-02-250397-8
定価はカバーに表示してあります